토론의 여왕과
사춘기 로맨스

토론의 여왕과 사춘기 로맨스

(청소년 성장소설 십대들의 힐링캠프, 토론)

[십대들의 힐링캠프®] 시리즈 NO.13

지은이 | 박기복
발행인 | 김경아

2017년 10월 25일 1판 1쇄 인쇄
2017년 10월 31일 1판 1쇄 발행

이 책을 만든 사람들
책임 기획 | 김경아
기획 | 김효정
북 디자인 | 조은북
교정 교열 | 좋은글
경영 지원 | 홍종남
표지 일러스트 | 발라
베타테스터 | 홍정욱

이 책을 함께 만든 사람들
종이 | 제이피씨 정동수 · 정충엽
제작 및 인쇄 | 다오기획 김대식 · 유재상

펴낸곳 | 행복한나무
출판등록 | 2007년 3월 7일. 제 2007-5호
주소 | 경기도 남양주시 도농로 34, 부영e그린타운 301동 301호(도농동)
전화 | 02) 322-3856 팩스 | 02) 322-3857
홈페이지 | www.ihappytree.com
도서 문의(출판사 e-mail) | e21chope@daum.net
내용 문의(지은이 e-mail) | yesreading@gmail.com
※ 이 책을 읽다가 궁금한 점이 있을 때는 지은이 e-mail을 이용해 주세요.

ⓒ 박기복, 2017
ISBN 978-89-93460-99-5
"행복한나무" 도서번호 : 100

토론의 여왕과 사춘기 로맨스

| 박기복 지음 |

♥차례♥

토론의 여왕을 사로잡은
토론 주제

등장인물

배윤호   장난기 넘치고 즐겁게 사는 남학생. 진주에게 반해 토론 동아리에 들어간다.

박진주   싹싹하고 똘똘하고 토론을 좋아하는 여학생. 나풀거리는 원피스가 잘 어울린다.

김찬기   아주 공부 잘하는 토론 동아리 회원. 진주를 사이에 두고 윤호와 삼각관계.

임태규   배윤호 단짝 친구. 윤호와 죽이 맞아 잘 어울린다.

지현경   새침한 모범생인 토론 동아리 회원. 찬기를 남몰래 짝사랑한다.

장동수   과학과 수학을 아주 잘하는 토론 동아리 회원. 장래 로봇공학자가 꿈이다.

홍정혜   선생님을 꿈꾸는 토론 동아리 회원. 사사건건 가르치려 든다.

배윤혜   윤호 누나. 고2인데 고3보다 더한 히스테리 증상을 보인다. 집안 식구 모두 조심스럽게 대한다.

박정훈   고전 독서토론 동아리를 지도하는 선생님.

등장인물 관계도

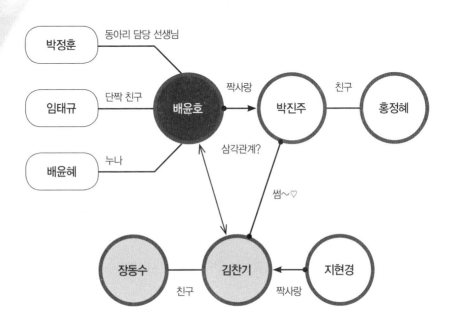

박정훈 —동아리 담당 선생님— 배윤호

임태규 —단짝 친구— 배윤호

배윤혜 —누나— 배윤호

배윤호 —짝사랑→ 박진주

박진주 —친구— 홍정혜

삼각관계?

썸~♡

장동수 —친구— 김찬기 ←짝사랑— 지현경

◯ : 토론 동아리 회원

짝사랑하는 여자애가 날 지켜본다

선생님은 갑자기 내 쪽으로 다가왔다.

"이제까지 한 번도 학생 목소리를 못 들었는데, 학생 목소리를 들을 기회를 줄래요?"

이건 무슨 뚱딴지같은 소린가?

"학교가 어디에요?"

저한테 묻는 건가요?

"저랑 같은 유봉중학교입니다."

진주가 나 대신 말했다.

"유봉중학교라, 아까 찬기 학생도 유봉중학교죠? 유봉중학교엔 인재가 많네요."

찬기나 진주야 인재지만 나는 인재가 아닙니다.

"어때요? 유봉중학교 대표로 이번 토론을 해볼래요?"

"아니……그게…!"

선생님! 도대체 저한테 왜 이러세요?

"그래, 윤호야! 우리 학교와 동아리 명예를 걸고 네가 해봐!"

진주는 내 속도 모르고 등을 떠밀었다.

진주가 저렇게까지 하는데 그대로 버티긴 힘들었다. 나는 또다시 튀

겨지려고 끌려가는 통닭 신세가 되고 말았다.

"수봉중학교 대표 선수는 나왔고, 다른 학교 대표 선수도 뽑아 주세

요."

내가 터덜터덜 걸어서 강의실 가운데로 나오는 동안 다른 학교 애들

도 의논을 해서 대표를 뽑았다. 내가 먼저 앉았고, 성수중학교와 봉의

중학교 대표가 뒤따라서 나왔다. 성수중학교는 남학생이고 봉의중학교는 여학생이 대표였다.

"각자 학교와 이름 소개 부탁해요."

"성수중학교에 다니는 허재학입니다."

허재학은 딱 보기에도 말을 잘하게 생겼다.

"봉의중학교 정은지예요."

정은지도 꽤나 똑똑해 보였다.

둘 다 만만치 않은 정도가 아니라 내 수준을 훌쩍 뛰어넘는 실력자로 보였다. 이제 나는 다른 학교 애들 앞에서, 아니 내가 짝사랑하는 여자애 앞에서 망신당할 일만 남았다. 찬기는 30여 명도 멋지게 이겨 내는데, 나는 학교 대표로 나서서 처참하게 깨진다면, 그 누가 찬기 같은 애를 버리고 나를 선택하겠는가? 내가 저 똑똑해 보이는 학생들을 이길 수 있을까? 더구나 학교 대표로 뽑힌 애들을? 지렁이가 발버둥 쳐 봐야 지렁이는 지렁이일 뿐이다. 어차피 이길 수 없는 싸움이라면 그냥 내 방식대로 하다 끝내야겠다고 마음먹었다. 어차피 깨질 거면 멋지게 박살나자고.

"제가 다니는 학교 이름은 수봉중학교입니다. 학교 이름이 빼어날 수秀, 봉오리 봉峯이다 보니 빼어난 봉오리 같은 학생들이 많은데, 저는 산꼭대기가 아니라 산허리 수준이라 수봉秀峯이 아니라 허봉에 다닙니다. 허봉 배윤호입니다."

여기저기서 키득거리는 소리가 들렸다. 나와 바로 마주앉은 허재학과 정은지도 웃었다. 그런데 몇몇은 내 우스갯소리가 무슨 말인지 알아듣지 못하고 둘레 애들에게 뜻을 물어보기도 했다. 내 우스개도 이해하지 못하다니, 다 똑똑한 줄 알았는데 앉아 있는 애들 가운데 이해력 떨어지는 애들도 꽤 있는 모양이다. 저런 애들이랑 붙었다면 이길 수도 있을 텐데…….

"윤호 학생이 아주 재미있네요. 좋아요. 윤호 학생이 웃음을 주었으니 윤호 학생이 의견을 먼저 고를 권리를 줄게요. 헤라, 아테나, 아프로디테 가운데 누군가요? 가정, 지혜, 사랑 가운데 으뜸으로 아름다운 가치는 무엇인가요?"

지혜는 일단 탈락이다. 나는 지혜 따위와는 인연이 없다. 가정과 사랑은 고민이다. 가정도 소중하고, 사랑도 소중하다. 그러다 누나 얼굴이 떠오르자 마음이 정해졌다.

"사랑으로 하겠습니다."

마음 같아선 '사랑으로 하겠습니다'가 아니라 '사랑합니다'로 말하고 싶었다. 너를 사랑한다고, 나를 보는 너를 사랑한다고 말하고 싶었다. 옆에 다른 남자만 없다면, 많은 사람이 있는 자리라 해도 사랑을 고백하고 싶었다.

성수중학교 허재학은 지혜를, 봉의중학교 정은지는 가족을 골랐다.

"사랑, 지혜, 가족! 과연 어떤 가치가 가장 아름다울까요? 판정은 여기 참가하지 않는 학교 학생들이 하겠습니다. 그러니까 다른 학교 학생들도 잘 듣고 누가 토론을 잘했는지 판정해 보세요. 학교 명예를 걸고!"

　농담인 줄은 알지만, 학교 명예라니 괜히 부담스러웠다. 나는 사랑을 골랐지만 딱히 할 말은 없었다. 내가 사랑에 빠져서 사랑이 가장 끌렸을 뿐, 내 온 마음이 사랑에 물들었기에 골랐을 뿐, 다른 사람을 설득할 근거는 딱히 없었다. 잠깐 침묵이 흘렀다. 나는 머리가 멍했고, 정은지는 종이에 적바림을 했으며, 허재학은 이마를 몇 번 쓰다듬더니 마이크를 잡았다.

　"사람을 사람답게 만든 요소는 무엇일까요? 저는 로고스야말로 사람다움을 만든 원천이라고 봅니다. 그래서 지혜가 셋 가운데 으뜸이라고 봅니다."

　태어나서 처음 듣는 '로고스'란 말에, 요소와 원천처럼 어려운 한자 말이 뒤섞이니 허재학이 하는 말이 무슨 뜻인지 하나도 모르겠다. 허재학은 엄청나게 똑똑한 애였다. 찬기 하나만 해도 열받고 기가 죽는데, 찬기 같은 애가 또 나타나다니, 짜증이 났다.

　"저는 이 셋 가운데 가장 소중한 가치가 무엇인지 생각했습니다. 지혜도 좋고, 사랑도 좋지만, 가족보다 소중한 가치는 없다는 결론을 내렸습니다. 우리 가운데 가족보다 소중한 가치가 있다고 생각하는 사람이 있나요? 아마 없으리라고 봅니다. 그러니 가족이 으뜸입니다."

　정은지는 허재학과 달리 어려운 말은 하나도 쓰지 않았다. 그렇지만 아주 설득력이 있었다. 딱히 반박할 말이 없었다. 그냥 '정은지 승!' 하고 끝내면 좋겠는데, 운명은 나에게도 마이크를 들려 주었다.

마이크를 잡는데 머리가 하얗게 변했다. 아무 생각이 안 났다. 까만 눈동자 한 쌍이 보였다. 내가 짝사랑하는 그 눈동자다. 이대로 무너질 수는 없다. 뭐라도 꺼내 놓아야 한다. 나는 마이크를 든 손에 힘을 주었다.

이
똑똑한 척하는 애는 재수 없어

"이겼냐?"

"기다려 봐. 곧 이길 거야."

쉬는 시간 짬을 내서 게임을 하는데 태규가 다가왔다.

"야, 거기서 그걸 내면 안 되지!"

"아, 이런!"

한 방 먹었다.

"야, 바보야! 딱 보니 처음부터 덱을 잘못 짰네."

잘 밀어붙이다가 점점 밀려서 안 그래도 짜증이 나는데 옆에서 끼어
드니 더 짜증이 났다.

"냅둬 봐. 어떡하든 이길 테니까!"

손을 더 빠르게 놀렸다.

"이걸 써!"

태규는 내 허락도 받지 않고 내 카드를 눌러 버렸다.

"야, 그걸 왜?"

짜증을 냈는데 막상 상황을 보니 꽤나 괜찮은 카드였다. 나는 태규가 누른 카드로 밀어붙였고 당황한 상대가 잠깐 빈틈을 드러냈다.

"야, 빈틈이다!"

태규가 얼굴을 바짝 들이댔다.

나는 빈틈을 노렸고 상대는 도미노처럼 무너졌다. 질 뻔했던 게임은 태규 덕분에 승리로 끝났다.

"봐, 짜식! 이 형님 말 들으니 이기지?"

"나도 그거 하려고 했거든!"

"어쭈, 자존심 세운다 이거냐?"

"나도 잘하거든."

"야, 그나저나 얘 열받은 모양인데, 한판 더 뜨자고 나오네!"

태규가 어깨를 툭 쳤다.

"시간 되냐?"

"우리가 언제 그런 거 따지면서 게임했냐!"

"좋아, 어디 한판 더 붙어 보자."

게임을 다시 하려고 자리를 고쳐 앉았다.

이번에야말로 태규 도움 따위는 조금도 받지 않고 짓밟아 주겠다고 마음먹었다. 이럴 때 코를 납작하게 해 줘야 태규가 기어오르지 않는다. 틈을 주면 자기가 잘난 줄 알고 으스대는데, 그 꼴은 못 본다. 태규와 나는 초등학교 1학년 때부터 붙어 다닌 오랜 친구지만 게임에 관해서는 서로 더 잘났다며 늘 티격태격 다툰다.

그때였다.

"야! 배윤호, 임태규!"

내 자존심을 세울 기회를 빼앗아 가려는 듯 박진주가 우리 이름을 불렀다.

"자치회의 할 시간인데 게임은 그만하지!"

큰소리는 아니다. 그냥 나긋나긋하고 맑다. 목소리만 놓고 보면 우리반 여자애들 가운데 가장 곱다. 그렇지만 박진주가 하는 말은 선생님 잔소리보다 싫다. 차라리 여자애들이 싸우면서 막무가내로 내뱉은 욕이 더 듣기 편하다. 맑고 고운 말투로 바른 말만 하고, 내가 하고 싶은 일마다 딴지를 거니 듣기만 해도 짜증난다.

"그깟 자친지 법친지는 왜 맨날 하는데? 쓸데없이."

짜증이 나서 나도 모르게 튀어나온 말이었다.

이런 맙소사! 내가 박진주 앞에서 이런 말을 하다니, 우리 집 괴물 다음으로 건드리면 안 되는 여자인데, 제대로 헛짓을 했다.

아니나 다를까, 진주는 나와 태규 있는 곳으로 바짝 다가와 두 손을 허리에 딱 얹고 흰자위가 다 보이는 큰 눈으로 우릴 째려봤다. TV에서 막 나가는 드라마에 나오는 예쁘장한 악역, 딱 그 모습이었다.

"야, 그만하자!"

태규는 진주 눈치를 살피며 내 팔뚝을 토도독 치더니 얼른 제자리로 돌아가 버렸다. 꼭 고양이 오줌 냄새만 맡고 겁을 집어먹고 도망치는 생쥐 꼴이었다. 나는 자존심을 먹고 산다. 아무리 겁이 나도 비겁한 티를 팍팍 내면서 물러서고 싶지는 않았다. 그렇다고 맞설 용기도 없었다. 진주와 붙어서 숱하게 깨지는 애들을 봐 왔고, 나도 여러 번 당했기 때문이다. 말발로 진주를 이길 애는 우리 반에, 아니 우리 학교에 없다.

"안 그래도 그만하려고 했어."

나는 되도록 아무렇지 않은 척하며 말했다. 스마트폰을 끈 뒤 손으로 몇 번 빙그르르 돌리고는 주머니에 넣었다. 나를 한 번 째려보더니 진주는 교탁 쪽으로 돌아갔다. 나와 태규가 앉자 반은 조용해졌다. 모두 진주를 함부로 대하지 못한다. 다들 반장 말은 귓등으로도 듣지 않지만 부반장인 진주 말은 아주 잘 따른다. 진주는 야리야리하고 힘도 없는 여자애지만 아무도 못 건드린다. 잘못 건드렸다가 당한 애들이 한두 명이 아니다.

반장이 어리벙벙한 얼굴로 앞으로 나왔다. 어쩌다 저런 놈이 반장이 됐는지 모르겠지만, 반 생활을 하기는 도리어 어리보기 같은 애가 반장이라 좋았다.

"오늘 자치회의 안건은, 그러니까……."

반장은 안건이 생각나지 않는지 교탁에 놓인 종이를 뒤적거렸다. 반장이나 되는 녀석이 회의 안건도 제대로 모르다니 한심했다.

"그러니까…, 음…, 아, 이거네. 안건은…, 다음 달에 있을 체육대회 준비야."

애들은 반장 말이 끝나자마자 웅성거렸다. 여기저기서 떠드는 소리가 들렸다. 그나저나 체육대회는 도대체 왜 하는지 모르겠다. 그냥 애들끼리 공 차고, 농구하고 놀게 내버려두지 반끼리 괜히 다투게 하고, 상금 걸어서 미친 듯이 달려들게 하는 까닭을 모르겠다. 나도 어릴 때는 체육대회를 하면 앞뒤 안 보고 이기려 들었지만, 작년에 체육대회에서 미친 듯이 덤비다 넘어져서 팔이 부러진 뒤로 체육대회라면 질색이다. 팔이 부러져서 깁스를 하고 한 달 가까이 고생했는데, 정말 답답해서 미치는 줄 알았다. 다시 그 고생을 하기는 싫었다.

"그러니까, 이런저런 경기도 나가야 하고, 응원… 준비도 해야 하고, 그 뭐였더라."

반장은 스스로도 뭘 해야 하는지 몰라서 헤맸다. 어휴, 공부만 잘했지 반장에는 전혀 어울리지 않는 애다. 어떡하다 저런 애가 반장이 됐는지, 아무리 생각해도 알 수 없는 노릇이다. 반장이 헤매는 데다 웅얼웅얼 잘 들리지도 않게 말하니 애들은 점점 시끄러워졌다.

반장이 뭐라고 말은 하는데 아예 들리지 않았다. 나뿐 아니라 다들 반장을 깔본다. 공부 못하는 애들은 공부 잘하는 애들에게 기가 죽는데 반장을 보면 공부 잘하는 애들을 바라보는 눈이 바뀐다. 공부 잘해봤자 별거 아니라는 위로를 받는다. 물론 나는 그딴 걸로 위로를 받지는 않는다.

"얘들아! 조용히 좀 해 줄래."

그때 진주가 나섰다.

왁자지껄 떠들던 애들이 진주가 나서자마자 딱, 조용해졌다. 뭐 이런 일이 새삼스럽지도 않다. 진주가 나섰는데도 떠들면 어떤 꼴을 당하는지 다들 알기에 진주가 한마디 하자 다들 입을 다물었다. 반 애들은 다시 반장에게 집중했다. 반장은 뒤로 물러나고 부반장인 진주가 사회를 보면 좋을 텐데, 진주는 반장이 제 노릇을 해야 한다면서 극구 뒤로 물러나니 자치회의를 할 때면 늘 어수선하다.

"그러니까……."

저 '그러니까' 소리는 제발 그만하면 안 되나? 어휴, 답답하다, 답답해.

"그러니까, 먼저, 경기에 나갈 선수부터 뽑아야 하는데, 누가 나갈래?"

무슨 경기가 있는지도 모르는데 누가 나갈 거냐고 물으면 어쩌라는 걸까? 그냥 내가 나가서 사회를 봐도 어리보기 같은 반장보단 잘 보겠다. 이러다간 자치회의 시간이 다 가도록 회의가 제대로 진행되지 않을 듯했다. 진주도 같은 걱정을 했나 보다. 진주가 일어서더니 교탁으로 나갔다. 진주는 반장 옆에 서서 교탁에 놓인 종이를 가리키며 뭐라고 반장에게 속삭였다. 진주가 앞으로 나가자 다들 떠들지도 않고 가만히 있었다.

"음, 그러니까……."

어휴, 짜증! 입만 열면 '그러니까'래!

"그러니까, 우리가 할 종목이 뭐냐면, 음……그러니까, 2인 3각, 전략 줄다리기, 단체 줄넘기, 츄크볼, 킨볼, 이어달리기야."

작년에는 축구와 피구가 있었는데 두 종목이 빠지고 츄크볼과 킨볼이 새로운 종목으로 들어왔다. 츄크볼과 킨볼은 작년 2학기부터 새로 오신 체육 선생님이 애들에게 가르치는 운동이다. 츄크볼은 팽팽한 네트에 공을 던진 뒤, 튀어 오른 공을 상대 팀이 잡지 못하게 하는 경기다. 잡지 못하게 한다고 해서 상대가 지닌 볼을 빼앗거나 네트에 던지는 걸

막아서는 안 된다. 공격성을 없앤 운동이라고 하는데 남녀가 같이 하기도 좋다. 공을 잡고 세 걸음까지만 걸을 수 있고, 패스는 세 번까지만 가능하며, 패스 세 번 이내에 공을 네트에 던져야 한다. 아무튼 체육시간에 해 봤는데 꽤나 재미있다. 킨볼도 꽤나 즐거운 경기다. 킨볼은 말랑말랑하고 큰 공으로 하는 운동인데 두 모둠이 아니라 세 모둠이 같이 경기를 한다. 공격을 하는 모둠이 수비를 하는 두 모둠 가운데 한 모둠을 부른 뒤 공을 치면, 이름 불려진 모둠이 온몸으로 공을 받아 내야 한다. 이름이 불린 모둠이 공을 놓치면 다른 두 모둠이 함께 점수를 얻는다. 전략 줄다리기는 줄다리기 할 줄 다섯 개를 가운데 놓고 양쪽에서 뛰어와 줄다리기를 해서 더 많이 이기는 쪽이 이기는 경기다. 상대가 약한 곳을 공략하고, 우리 약점을 잘 가려야 이긴다. 나머지는 익히 아는 운동일 줄 믿는다.

"그러니까, 전략 줄다리기는 반 전체가 해야 하니까 됐고, 2인 3각부터 뽑자."

반장이 그렇게 말했지만 아무도 하겠다고 나서지 않았다.

떠들거나 입을 열면 몰아가는 분위기가 만들어지니 다들 입을 다물고 가만히 있었다.

"그러니까, 음, 각 종목마다 1·2위를 하면 참가자에게 현금으로 상을 주고, 종합 1등부터 3등까지는 반에 상금을 준대."

반장이 상금을 입에 올리자 갑자기 애들이 시끄러워졌다. 너도나도 하겠다고 나서고, 잘하는 애들을 추천했다. 얌전하게 딴짓을 하던 태규까지 하겠다고 나섰다. 나서는 애들이 많으니 반장이 무진장 애를 먹었다. 혼란이 심해지면 마지막에는 늘 진주가 나서서 결정을 내렸고, 그걸로 선수가 정해졌다. 그러거나 말거나 나는 가만히 지켜보기만 했다. 앞서 말했듯이 한 번 크게 다친 뒤로 체육대회에 선수로 나서는 짓은 절대 하고 싶지 않았기 때문이다.

"츄크볼 선수 한 명 더 없어? 2인 3각, 츄크볼, 킨볼은 같은 사람이 겹쳐서 출전하면 안 되니, 다른 선수가 있어야 하는데……."

반장이 애들을 둘러보았다. 애들은 딱히 알맞은 대상을 찾지 못해 서로가 서로를 쳐다보며 웅성거리기만 했다. 물론 애들도 내가 츄크볼을 아주 좋아하고 잘하는지 안다. 그렇지만 내가 체육대회라면 질색하는 걸 알기 때문에 아무도 나를 추천하지 않았다.

"배윤호, 너 안 할래?"

그런데 진주가 나를 지목했다. 내 참, 내가 체육대회에서 팔을 다친 뒤로 체육대회라면 얼마나 싫어하는지 알면서도 나를 선수로 추천하다니, 어이가 없었다. 나는 진주에게 작년에 다친 팔을 흔들어 보였다.

"팔 다친 뒤론 그딴 거 안 해."

나는 아주 차갑게 진주 말을 내쳐 버렸다.

"체육대회 선수가 어떻게 '그딴 거'니? 그럼 다른 반 친구들은 '그딴 거'를 하는 모자란 사람들이니?"

진주가 나를 쏘아붙였다.

이런, 꼬투리를 잡혔다. 진주한테 약점이 잡히면 괴롭다.

"아, 미안!"

나는 손을 들어 재빨리 사과를 했다. 물론 친절한 말투는 아니었다.

"우리 반 명예가 걸린 일이기도 하고, 상금도 꽤나 많이 걸렸어. 상을 받으면 골고루 혜택을 받는데, 너 혼자만 생각하면 되겠니?"

졸지에 나는 나 혼자만 생각하는 못된 놈이 되어 버렸다.

"작년에 팔 다친 거 몰라?"

나는 다시 작년에 다친 팔을 흔들어 보여 줬다.

"작년에 다쳤는데 아직도 안 나았어? 차라리 귀찮아서 하기 싫으면 터놓고 말해. 한 해 전에 다친 팔을 핑계로 대니? 남자가 쫀쫀하게."

'쫀쫀하게'란 말에 애들이 키득키득 웃었다. 졸지에 나는 이기주의자에, 쫀쫀한 놈이 되고 말았다. 말로 진주를 이기기는 불가능하다. 진주랑 말싸움이 붙으면 모른 척하든지 얼른 항복해야 한다. 반 분위기가 모른 척하기는 어렵게 되었다. 어쩔 수 없다. 하기 싫지만 한 종목쯤은 하는 수밖에 없었다.

"알았어, 알았어! 츄크볼 하면 되잖아! 됐냐?"

나는 되도록 불량하게 말했다.

"반장, 들었지? 윤호가 츄크볼 선수 한대."

진주는 내 말투 따위는 아무렇지도 않다는 듯 반장을 보고 싱긋 웃었다. 진주는 정말 어떻게 해 볼 수가 없는 강적이다.

내가 츄크볼에 나가면서 종목별 선수가 다 뽑혔다. 종목별 선수를 뽑은 뒤, 각 종목별 대표자를 뽑았다. 물론 나는 츄크볼 선수 대표를 하지 않았다. 대표자를 하면 애들 끌고 다니면서 일정 잡아야 하고, 안 되면 애들 불러서 다독이기도 하고, 다그치기도 해야 한다. 그런 일은 딱 질색이다. 각 종목 대표자를 뽑은 뒤, 마지막으로 단체옷을 정하기로 했다.

단체옷은 체육대회의 꽃이다. 체육대회는 여느 때 입지 못하던 단체옷을 입고 즐기는 날이다. 다른 건 다 귀찮고 싫지만 단체옷만은 제대로 입어야 체육대회가 즐겁다. 누가 봐도 눈에 확 띄고 재미있어야 한다. 경기에 나갈 선수를 뽑을 때는 별말이 없던 애들도 단체옷에 관해서는 다들 한마디씩 했다. 교실이 시끄러워졌고, 진주가 나설 때가 되었다고 생각했는데 뜻밖에도 진주는 시끄러운 모습을 가만히 지켜보기만 했다.

어리보기 반장은 땀을 삐질삐질 흘리며 어떻게든 의견을 모으려 했지만 날뛰는 애들이 바글거리는 피서지처럼 점점 엉망진창이 되어 갔다. 그때 태규가 아주 멋진 제안을 했다.

"등에 '뭘 봐, 부럽냐?' 글씨를 새긴 옷 어때?"

남자애들은 태규 말을 듣고 박수를 치고 난리가 났다.

내 생각에도 꽤 괜찮았다. 맵시 나는 옷을 체육대회 때 입을 수 없다면 웃긴 옷이 낫다. 다른 반 애들이 볼 때마다 '뭘 봐, 부럽냐?' 하면서 골리면 즐거운 체육대회 날이 될 듯했다. 선생님들을 은근히 놀릴 수도 있으니 더할 나위 없이 좋았다.

남자들이 태규 말에 지지를 보내자 곧바로 대세가 되었다. 여자애들은 탐탁지 않아 했지만 여러 의견으로 갈렸기에 한 의견으로 뭉친 남자들을 이길 수 없었다. 분위기를 알아챈 어리보기 반장이 '뭘 봐, 부럽냐?'를 쓴 옷으로 결정을 내리려는 바로 그 순간, 이번에도 진주가 발목을 잡고 나섰다.

"아무리 재미도 좋지만 단체옷에 '뭘 봐, 부럽냐?'고 대놓고 쓰고 다니면 조금 심하지 않니?"

진주 말엔 여느 때와 달리 그리 힘이 실리지 않았다. 진주는 말싸움이 붙으면 자신이 아주 유리한 틀을 짜 놓고, 상대가 어찌해 볼 수 없게 틀에 가둔 채 조목조목 근거를 대면서 몰이붙인다. 조금 전 나와 붙은 상황도 마찬가지였다. 내가 츄크볼 선수로 안 나가려고 하니 진주는 나를 이기주의자에 쫀쫀한 놈에 되지도 않는 핑계만 되는 놈이라는 틀에 딱 가두어 버렸다. 거기서 내가 뭐라고 반박을 해봐야 나는 이기주의자가 아니고, 쫀쫀하지 않고, 되지도 않는 핑계를 대는 놈은 아니라고 박박 우겨야 한다. 그런 싸움은 내가 아무리 잘해도 더 늪으로 빠져들 뿐이다. 그럴 땐 재빨리 뒤로 물러서서 항복해야 한다. 그런데 이번엔 다르다. 딱히 내가 불리한 틀이 아니었다. 나는 이번에야말로 진주를 누를 좋은 기회로 여기고 여느 때 같으면 감히 하지 못할 도전에 나섰다.

"체육대회는 즐기려고 하잖아. 재미있으면 됐지, 안 그래?"

내가 진주에 맞서고 나서니 반 애들 눈이 모조리 나를 향했다. 잠깐이지만 독재자에 맞선 영웅이 되는 기분이었다.

"아무리 재미도 좋지만 사람들을 불쾌하게 하면 안 되잖아."

진주 말에는 이번에도 힘이 별로 실리지 않았다. 이럴 때 못을 박아야 한다. 내가 만만치 않다는 걸 보여 줘야 한다. 어쩌면 진주도 딱히 반박할 논리를 못 찾아서 저렇게 말하는지도 모르니 이쯤에서 쐐기를 박아 버려야 한다.

"맨날 공부만 하느라 지루하고 힘든 학교생활에서, 잠깐 하루 즐기자고 웃기는 단체옷을 입는데 뭐가 그리 문제야? 그리고 '뭘 봐, 부럽냐?' 정도는 그냥 애교로 넘어가는 장난이라고. 욕도 아니고, 외국어도 아니잖아? 순수 우리말, 좋잖아!"

캬! 멋진 논리다. 내가 이렇게 말을 잘하다니, 더구나 진주 앞에서, 저절로 어깨가 위로 한 치는 올라갔다.

"재미도 좋지만 예의는 지켜야지."

진주 목소리 빛깔이 바뀌었다. 또렷해지고 힘이 실렸다. 좋지 않았다. 저러면 내가 감당할 수 없는 논리가 나온다. 아니다 다를까!

"체육대회 때 우리가 '뭘 봐, 부럽냐?'란 옷을 입고 다닌다고 생각해봐. 우리 반 단체옷을 볼 때마다 다른 반 애들이나 선생님들이 기분이 나쁠 거야. 놀리는 말이니까. 물론 우리 반 애들은 짜증을 내는 남들을 보면서 즐겁겠지. 남을 불쾌하게 하면서 나만 즐기자는 태도, 그건 가학주의자나 하는 짓이야. 왕따도 은따도 내가 기쁘겠다고 남을 괴롭히기 때문에 나쁜 짓이라고 여기잖아. 그런데 체육대회 때 남을 놀리고 괴롭히는 말을 대놓고 하면서 다니겠다고? 그게 말이 되니? 남과 내가 같이 웃어야 참된 즐거움이야. 남을 괴롭혀서 웃음을 얻으면 안 돼. 안 그래?"

말문이 막혔다. 어떻게 반박을 할 수가 없었다. 물론 반박을 하려 들면 할 수는 있겠지만 낌새를 보니 내가 말을 꺼내면 꺼낼수록 쓰레기 같은 애가 될 듯했다. 나는 말문을 닫았다. 신나게 들떠서 '뭘 봐, 부럽냐?'를 밀던 남자애들도 조용해졌다. 결국 단체옷은 여자애들이 낸 의견 가운데 하나로 정해졌다.

나는 속으로 진주에게 이를 갈았다. 정말 짜증나는 애다. 말싸움에 밀려서 기분이 나쁘기도 하지만, 내 뜻을 꺾어 놓고 뒤로 싹 빠져서 다른 애들이 결정하게 하는 태도가 더 불쾌했다. 진주는 마음에 안 들면 틀어 버리긴 하지만 결정을 자기가 내리지는 않는다. 그러다 보니 무언가 결정할 때 생기는 책임감에서는 가벼워진다. 어떤 문제가 생겨도 결정을 내린 애들이 비난을 받지 진주에게는 아무도 뭐라고 하지 않는다.

단체옷을 결정하는 과정에서도 진주는 마찬가지 태도를 취했다. 남자애들 의견을 꺾은 뒤에는 여자애들이 알아서 고르게 내버려두었다. 여자애들이 고른 옷은 정말 꽝이었다. 남자애들은 다들 불만이 가득했지만 아무도 나서지 않았다. 뒤로 쑥덕거리긴 했지만, 진주를 두고 뭐라고 하지는 않았다. 남자애들 의견을 꺾은 당사자는 진주인데, 정작 진주는 남자애들에게 아무런 욕을 먹지 않았다. 도리어 진주 말이 옳다면서 '뭘 봐, 부럽냐?'를 새긴 옷을 입었으면 쪽팔리고 부끄러웠을 거라고 하는 남자애도 있었다. 진주는 힘은 있는 대로 부리고, 책임은 다른 여자애들에게 떠넘겨 버렸다.

아무리 봐도 나는 진주가 우리 반에서, 아니 우리 학교에서 가장 마음에 안 든다. 잘난 척은 다 하면서, 나쁜 소리는 전혀 듣지 않는 애, 정말 재수 없다.

호훈의 여랑과 사춘기 로맨스

개팔자가 상팔자일까?

그러니까—이건 우리 반 바보 반장이 입에 달고 사는 낱말이라 무척 싫어하는데—아무튼 그러니까, 그 일은 아주 우연히, 그러니까 운명처럼 내게 찾아왔다. 나도 그렇게 되리라곤 그때까지 단 한 번도, 쥐벼룩 간 크기만큼도 생각하지 않았다. 내가 어쩌다 그리 됐는지는 아무리 골똘히 파고 들어도 정말 모르겠다.

맑은 구름 사이로 가끔 햇살이 지나가는 일요일이었다. 오전에 실컷 자다가 밥을 느긋하게 먹은 뒤 소파에서 뒹굴며 TV를 보는데 태규에게서 게임방에 가자는 문자가 왔다. 그날따라 게임도 귀찮아서 집밖을 나서기 싫었는데 태규가 내 자존심을 건드렸다.

'어쭈, 이제 이 형한테 밀리니 겁난다 이거지?'

태규는 나보다 두 달 먼저 태어났다고 툭하면 자기가 형이라고 우긴다. 라면을 먹어도 몇 그릇은 더 먹었다고 되지도 않는 논리를 편다. 더구나 나보다 게임도 못하면서 꼭 잘난 척을 한다. 이럴 때 가만히 두면 한없이 기어오른다. 처음에 날 건드렸을 때 지그시 눌러 줘야 한다. 그래서 PC방에서 만나 한판 하기로 했다.

옷을 갈아입고 방문을 열었는데 누나와 딱 마주쳤다.

"어디 가냐?"

누나가 퉁명스럽게 물었다.

이럴 때 누나를 잘못 건드리면 된통 당한다. 누나는 우리 집에서 대장이다. 아무도 누나를 못 건드린다. 예민하던 누나는 고등학생이 되면서 더 예민해졌다. 별일도 아닌데 성깔을 부리고 소리를 지른다. 이제 고2인데 웬만한 고3보다 더 괴팍하다. 저러다 진짜 고3이 되면 저 성깔을 어떻게 감당해야 할지 생각만 해도 아찔하다.

더구나 아빠는 무조건 누나 편이다. 딸 바보가 유행이고 딸 바보는 좋은 아빠처럼 여겨진다는데, 나는 도대체 딸 바보가 왜 좋은지 모르겠다. 아빠는 내가 돈을 달라고 하거나, 물건을 사 달라고 하면 꼬치꼬치 캐묻고 웬만해선 들어주지 않는다. 들어주더라도 내가 달라는 정도보다 늘 모자라게 들어준다. 그렇지만 누나가 해 달라고 하면 다 해 준다. 누나가 비싼 옷이나 화장품을 사 달라고 하면 마치 '돈을 쓰게 해 줘서 고맙습니다' 하는 몸짓을 하며 누나에게 돈을 갖다 바친다. 내가 밖에서 밥 먹자고 하면 식당 음식에 소금이 많이 들어가느니, 원산지를 속이느니, 집에서 먹는 밥이 으뜸이라느니 하면서 안 가려 하지만, 누나가 밖에서 밥 먹자고 하면 단 0.1초도 머뭇거리지 않고 흔쾌히 받아들인다.

엄마는 사회생활에 더 힘을 많이 쏟는다. 그래서 누나가 예민하게 굴든, 화를 내든 마음을 쓰지 않는다. 내가 누나에게 맞고 엄마에게 고자질을 하면 '너희들끼리 알아서 해' 하면서 조금도 간섭하지 않는다. 바로 엄마 눈앞에서 다툼이 벌어져도 '너희들 방에 가서 싸워라!' 하고 말할 뿐이다. 이렇게 누나와 내가 다투면 엄마가 내버려두니 싸움은 늘 힘이 센 쪽이 이긴다. 내가 어릴 때는 누나가 힘이 셌다. 치고 박고 싸워 봤자 누나를 당해 낼 수가 없었다. 몇 번 붙었다가 왕창 깨진 뒤로는 내가 먼저 몸싸움을 피했다. 중학생이 되면서 내 몸집이 커졌다. 이제까지 맞았기에 제대로 한판 붙어서 복수를 해 주겠다고 다짐했는데, 그때부터 누나는 몸싸움을 벌일 틈을 주지 않았다. 내가 몸으로 대들려고 하면 말로 내 자존심을 짓밟았다.

"꼭 남자들은 자기가 잘못해 놓고 힘으로 여자를 이기려 들어! 그런 남자가 세상에서 가장 못났어!"

이런 말을 듣고도 힘으로 싸우려 들기는 어렵다. 힘으로 밀어붙이기에는 자존심이 상한다. 나는 자존심을 먹고 산다. 그렇지만 정말 부아가 치밀 때면 한 대 칠 기세로 대든다. 그럴 때 누나가 결정타를 날린다.

"너, 누나 때린 걸 아빠가 알면 가만히 둘까?"

아빠는 누나가 쓰는 최종병기다. 아빠는 무조건 누나 편이니 누나가 나한테 맞았다는 말이 아빠 귀에 들어가면, 그날이 내 제삿날이 될지도 모른다. 아빠는 좀처럼 화를 내지 않는데, 딱 한 번 나한테 화를 낸 적이 있다. 뭘 잘못했는지는 떠오르지 않지만 야단맞았을 때 무서움은 어제 겪은 일처럼 생생하다.

몸으로 안 되면 말로라도 이겨야 하는데 누나 말발은 도저히 내가 넘볼 수준이 아니다. 싸움을 할 때 누나 말 몇 마디 듣고 나면 나조차 내가 누나에게 나쁜 짓만 하는 쓰레기 같은 동생이란 생각이 든다. 누나는 우주 최강 말싸움꾼이다. 우리 학교 최강인 진주와 우리 집 최강인 누나가 붙으면 누가 이길지 상상해 보기도 했다. 누가 이길지 한참 고민했는데 결론을 내리지 못했다. 직접 붙어보기 전에는 결과를 어림할 수 없을 만큼 진주와 누나는 최강 말싸움꾼이었다.

아무튼, 일요일에 기분 좋게 나가려는 순간에 마주친 누나가 '어디 가냐'고 물어보니 흠칫 놀랄 수밖에 없었다. 이럴 때 괜히 누나 비위를 잘못 건드렸다가는 욕을 바가지로 먹고, 심하면 게임을 하러 나가지 못할 수도 있다. 똥은 더러워서 피하지 무서워서 피하는 게 아니라지만, 내 앞에 나타난 똥은 무섭기까지 하다. 나는 내가 지을 수 있는 가장 부드러운 얼굴과 내가 낼 수 있는 가장 상냥한 말투로 가장 트집을 잡히지 않을 만한 낱말을 누나에게 바쳤다.

"태규가 만나자고 해서 잠깐 보고 오려고."

여느 때 같으면 누나는 "너 게임하러 가지? 게임 작작해라!" 하고 말했을 텐데, 그날은 아니었다.

"그래? 잘 놀다 와."

트집을 잡지 않는 것도 놀라운데, 말투마저 부드러웠다. 상냥한 느낌마저 들었다. 어디 아프거나, 머리가 어떻게 되었나 싶었지만 겉으로 드러내진 않았다. 누나가 잘해 줄 때는 고마운 마음을 품고 얼른 피해야 한다. 그대로 같이 있다가는 언제 변덕을 부릴지 모르기 때문이다. 나는 누나 말이 끝나자마자 밖으로 튀어나왔다.

누나에게서 상냥한 말을 들으니 기분이 좋았다. 구름 사이로 가끔 내비치는 햇살은 부드러웠고, 연초록 잎 사이로 불어오는 바람은 향기로웠다. 기분이 들떠서 콧노래까지 흥얼거리며 걸었다. 태규와 만나기로 한 도서관에 도착했는데, 약속 시간이 조금 남았다. 태규에게 문자를 보내려다가 봄기운을 맛보고 싶어서 도서관 둘레를 구경하기로 마음먹었다. 도서관은 정원을 예쁘게 가꿔 놓아서 구경 오는 사람이 많다. 나는 도서관에 책을 빌리러 간 적은 없지만, 정원을 구경하러 간 적은 종종 있다. 그날도 도서관 정원은 아름다운 자태를 뽐냈다. 점점 짙어지는 잎사귀는 생명력이 넘쳤고, 발길 닿는 곳마다 핀 꽃과 푸르른 잔디는 봄이 왜 아름다운지 증명해 보였다.

그러다, 바로 그 순간이 나에게 찾아왔다. 도서관 귀퉁이 작은 나무 그늘에서 책을 읽는 그 여자애를 봤다. 벤치에 가만히 앉아 다리를 나란히 한 채, 무릎 위에 책을 놓고, 그 속에 푹 빠져든 여자애였다. 연분홍빛 원피스가 봄바람에 하늘하늘 흔들렸다. 원피스를 수놓은 까만 선들은 바람결을 따라 갖가지 꽃무늬를 빚어냈다. 까만 머리카락은 길게 늘어져 꽃무늬를 따라 살랑살랑 춤을 추었고, 새까만 눈동자는 선홍빛 입술과 함께 짙은 향기를 뿜어냈다.

여자애가 책장을 넘기는데, 그럴 때마다 내 마음도 한 쪽씩 넘어갔다. 책장이 흔들리면 나도 흔들렸고, 여자애 몸짓 하나에 넋을 잃었다. 이러면 안 되는데, 내가 저 여자애를 보고 이런 감정에 빠져들면 안 되는데, 도대체 내가 왜 이러지? 저 여자애가 예뻐 보이다니 말도 안 돼! 착각일 거야. 눈을 질근 감고 머리를 세차게 흔들었다. 그렇게 하면 착각이 사라지고 현실을 깨닫게 되리라 믿었다. 아니었다. 눈을 다시 뜨고 보니 더 예뻤다.

여자애가 책을 들고 벤치에서 일어섰다. 벤치 앞을 살짝 걸으며 책을 읽었다. 원피스 아래로 가지런히 뻗은 종아리 선이 아름다웠다. 한 걸음씩 움직일 때마다 심장이 뛰는 소리가 한 옥타브씩 올라갔다. 이러다 심장이 터져 죽을지도 모른다는 황당한 걱정이 들었는데, 그 순간은 그렇게 죽어도 행복하겠다고 생각했다. 내가 미친 걸까?

물론 사춘기 감성이 파릇파릇 돋아나는 십대 소년이 또래 예쁜 소녀를 보고 한눈에 반했다고 해서 미쳤다고 할 수는 없다. 우리 나이에 사랑은 풋풋하고 자연스럽다. 그렇지만 그 대상이 박진주라면 말이 다르다. 내가 왜 하필 – 휴~~, 저절로 한숨이 나온다 – 진주를 보고 이런 감정을 느껴야 한단 말인가? 내가 가장 재수 없어 하는 진주가 왜 저렇게 예뻐 보인단 말인가? 내가 싫어하는 진주가, 더구나 내가 끔찍하게 싫어하는 독서를 하고 있는 모습을 보고 반하다니, 미쳐도 단단히 미치지 않고서야, 그 모습에 내가 반할 리 없다. 그런데 아니다. 나는 그 모습에 반했고, 한 번 빠지니 그 모습에 빠져 헤어 나올 수 없었다.

'말이라도 걸어 볼까? 내가 너에게 반했다고 말해 볼까? 그럼 미쳤다고 하겠지?'

나는 두 손으로 머리를 몇 차례 세게 쳤다.

'정신 차려, 배윤호! 쟤는 박진주야, 박진주! 내가 가장 재수 없어 하는 박진주라고!'

쓸데없는 짓이었다. 벗어나려 몸부림칠수록 내 마음은 점점 더 진주에게 빠져들었다.

한동안 서성이며 책을 읽던 진주가 전화통화를 했다. 작지만 목소리도 들렸다.

"아빠! 벌써 왔어? 응, 여기 도서관 뒤, 알았어, 그쪽으로 갈게."

전화를 끊은 진주는 책을 옆구리에 끼고 도서관 앞쪽으로 걸어갔다. 진주가 내 쪽으로 왔기에 나는 얼른 몸을 숨겼다. 몸을 숨긴 채 도서관을 나가는 진주를 멍하니 바라보았다. 뒷모습은 더 예뻤다. 나풀거리는 치마와 머릿결이 어서 와서 사랑을 고백하라고 나를 유혹했다. 쫓아가서 아는 척하고 싶었다. 사랑한다는 말은 못해도, 얼굴이라도 한 번 더 보고 싶었다. 물론 그럴 용기는 나지 않았다.

진주가 사라진 자리를 동상처럼 서서 멍하니 바라보았다. 내 심장엔 에로스가 쏜 화살이 박혔다. 빼려고 해도 뺄 수 없는 화살이었다. 연분홍 원피스가 하늘거리는 바람을 타고 내 심장에 박혀 내 넋을 훔쳐갔다.

넋을 잃고 서 있는데 전화벨이 울렸다. 태규였다.

"야! 너 어디야? 왜 그렇게 전화를 안 받아?"

태규가 소리를 질렀다.

그때서야 나는 태규가 여러 번 전화를 걸었고, 문자도 수십 통 보낸 걸 알아차렸다.

"어, 미안! 그럴 일이 있었어."

나는 내가 전화벨 소리도 듣지 못했을 뿐 아니라, 내 입에서 '미안'이란 말이 툭 튀어나왔다는 점 때문에 적잖이 당황했다. 태규와 나는 오랫동안 함께 했고, 심한 장난도 마다 않는 친구다. 아무리 심하게 장난을 치거나, 잘못을 해도 우리는 서로에게 미안하다는 말을 하지 않는다. 미안한 일이 있으면 도리어 목소리를 높이며 자기가 잘했다고 더 우겼다. 우리는 그만큼 친하다. 그런데 내가 미안하다고 했다. 아무래도 내 정신에 무슨 문제가 생긴 걸까?

"야? 너, 뭔 일 있어?"

태규가 눈치를 챘는지 걱정스럽게 물었다.

태규는 이래서 참 좋은 친구다. 아무리 화가 나도 내가 나쁜 일을 겪거나, 속상해 하면 나부터 챙긴다. 물론 나도 마찬가지다.

"아냐, 아냐, 그냥, 그래······."

나는 얼버무렸다.

"정말 괜찮아?"

"응, 괜찮아!"

"그나저나 어디야?"

"여기 도서관 뒤편."

"나는 도서관 안에 있어. 네가 도서관 안에 있는 줄 알고 도서관을 다 뒤지고 다녔잖아."

"미안. 현관에서 보자."

이번에도 '미안'이란 말을 썼다. 내 머리가 어떻게 된 게 분명하다.

태규와 만나서 늘 가는 PC방으로 가서, 늘 하는 게임을 했다. 태규가 잘하는 척했지만, 그 게임은 내가 훨씬 잘한다. 열 번 하면 아홉 번은 내가 이긴다. 모둠으로 대결을 할 때도 내가 훨씬 잘한다. 내가 들어간 모둠은 8할 이상 이긴다. 태규는 기를 쓰고 나를 이기려 하지만, 내가 가끔 인심 쓰듯 져줄 때만 겨우 이긴다. 그런데 그날은 아니었다. 게임을 하는 내내 모니터에 연분홍빛 원피스가 떠올랐다. 게임 캐릭터가 진주 얼굴로 보였다. 까만 눈동자에 선홍빛 입술이 내 넋을 쏙 빼놓았다. 그러니 게임이 잘될 리 없었다. 연거푸 졌고, 같이 게임을 하던 모둠 애들이 채팅글로 내게 욕을 퍼부었다. 태규와 맞대결에서도 순식간에 패했다.

"이거 봐! 형님이 훨씬 잘하지?"

태규는 잘난 척을 했고, 나는 게임에 지고 난 뒤에 태규에게 라면을 샀다. 게임을 더 하자는 태규 제안을 거절하고 헤어졌다. 집에 가는 동안에도 진주가 입은 옷, 진주가 읽은 책, 진주가 지은 표정, 진주가 내뱉은 목소리, 진주 둘레를 감싼 풍경이 계속 떠올랐다. 진주가 내 머릿속 99.999%를 집어삼켜 버렸다.

내가 왜 이럴까? 누나가 뜻밖에도 상냥하게 날 대해서 내 머리가 살짝 이상해진 걸까? 아니면 내가 책을 지나치게 멀리했다고 책들이 화가 나서 나에게 마법이라도 걸어 버린 걸까? 아니면 5월 햇살과 바람이 내 심장을 움켜쥐고 협박이라도 한 걸까? 아니면 하필이면 그 순간에 사춘기 호르몬이 미친 듯이 분비된 걸까? 아니면 맨날 싫어하고 재수 없어 하면서도 무의식에서는 진주가 예쁘고 사랑스럽다고 생각했던 걸까? 아니면 정말 에로스 신이 내 심장에 화살을 쏜 걸까?

모르겠다. 정말 모르겠다. 내가 왜 이렇게 진주에게 사로잡혔는지 정말 모르겠다.

'야, 너 뭔 일 있지?'

집에 가는데 태규가 문자를 보냈다.

'괜찮아. 별일 아니야!'

별일 아니긴, 아주 심각한 일이다. 그렇지만 태규에게도 털어놓을 수는 없었다. 내가 진주에게 빠졌다는 말을 어떻게 한단 말인가? 진주는 남자애들 사이에서 무서운 여자로 통한다. 앞에서는 감히 맞서지 못하고 뒤에서만 몰래 쑥덕거리며 흉을 본다. 누가 더 진주를 제대로 씹는지를 두고 경쟁이라도 하듯이 욕을 한 적도 있다. 물론 태규와 나도 진주를 욕한 적이 많다. 그랬던 내가 진주에게 빠졌다고 하면, 아무리 가까운 친구인 태규도 나에게 돌았다고 욕할지도 모른다.

기운이 빠진 채 집에 돌아왔다. 물을 마시러 부엌으로 가는데 똘이가 거실 한복판에 뒤집어진 채 누워 있었다. 배를 하늘로 내밀고 누워서 자는 꼴을 보니 어이가 없었다. 가끔 움찔움찔 다리가 움직였는데 아마도 꿈을 꾸는 듯했다. 똘이가 마냥 부러웠다. 똘이는 우리 집에서 키우는 강아지다. 우리가 키운다기보다 누나가 키운다. 어느 날 누나가 말도 않고 강아지를 데려왔다. 누나는 오래 전부터 강아지를 키우자고 엄마와 아빠를 졸랐다. 누나 말이면 외계인과 같이 살자고 해도 좋다고 하는 아빠다 보니 강아지를 선뜻 키우자고 했지만, 엄마는 아니었다. 웬만하면 누나가 뭘 하든 내버려두는 엄마가 강아지만큼은 절대 안 된다고 길길이 날뛰었다. 엄마가 워낙 매섭게 반대하니 막 나가는 누나도 어쩔 수 없었다.

호준의 여름과 사춘기 로맨스

그런데 누나는 고1 여름방학 때 아무 말도 없이 강아지를 데려왔다. 엄마 동의도 받지 않았다. 그냥 강아지를 안고 들어와 버렸다. 밖에서 일을 보고 들어온 엄마는 화들짝 놀라서 강아지를 도로 내보내려 했지만 누나가 죽자 사자 버텼다. 아무리 엄마여도 누나 고집을 꺾지는 못했고, 결국 똘이는 누나가 돌본다는 조건으로 우리 집 식구가 되었다.

누나라는 막강한 권력자를 등에 업은 똘이는 집에서 안하무인이었다. 처음에는 제법 귀여운 짓도 하고, 가족들 눈치도 보았지만, 무슨 짓을 해도 누나가 감싸 주고, 가족 중에는 누나를 건들 수 있는 사람이 없다는 사실을 알고 나자 점점 버릇이 나빠졌다. 내 방에 들어와서 난장판을 친 적도 많았다. 그럴 때 내가 똘이를 야단치면 도리어 누나는 제대로 방문을 닫지 않은 나에게 책임이 있다며 나를 더 심하게 나무랐다. 똘이는 누나한테만 애교를 부리고, 누나 방에서만 깨끗하게 논다. 다른 곳에선 그야말로 개같이 논다. 그럴 때마다 한 대 쥐어 패고 싶지만 그랬다간 내가 누나한테 맞아 죽을지도 모른다.

아무튼, 진주에게 마음을 빼앗기고 넋이 나간 채 소파에 앉아 있던 나는 거실 한복판에서 누워 자는 똘이를 바라보며 내 처지를 한탄했다. 누나라는 최고 권력자를 등에 업고 마음껏 자기 하고 싶은 대로 사는 똘이 처지가 나보다 나아 보였다.

"개팔자가 상팔자네."

심술이 난 나는 누워 자는 똘이를 일부러 발로 톡 건드리고는 모른 척 소파에 다시 앉았다. 놀라서 깬 똘이는 둘레를 살피다가 나를 한참 봤다. 내가 모른 척하니 하품을 하고 몸을 쭉 편 뒤에 거실 구석에 있는 먹이통으로 갔다. 물을 몇 모금 마시더니 먹이통에 있는 개껌을 물고는 다시 거실 한복판에 자리잡았다. 여유롭게 앉아 개껌을 씹는 똘이를 보니 괜히 더 미웠다.

심통이 난 나는 똘이가 씹는 개껌을 뺏어서 멀리 던져 버렸다. 똘이는 황당해 하며 나를 한 번 보더니 개껌 쪽으로 갔다. 개껌을 물고 온 똘이는 거실 한복판에 다시 자리를 잡았다. 개껌을 앞발로 딱 잡고 나를 거만하게 한 번 쳐다보더니 맛있게 개껌을 씹었다. 거만한 똘이가 몹시 거슬렸다. 어디 강아지 따위가 사람보다 잘난 척한단 말인가? 아무리 막강한 권력자를 등에 업었다고 해서 나를 저 따위로 깔보면 안 된다.

"어쭈, 이게 감히 주인한테……."

나는 똘이가 먹던 개껌을 확 낚아챈 뒤 베란다 쪽으로 던져 버렸다. 그러고는 베란다 문을 닫아 버렸다. 똘이는 베란다 유리창 앞으로 가서는 나와 개껌을 번갈아 보았다. 당황한 기색이 뚜렷했다. 통쾌했다. 어디 감히 사람한테! 그런데…….

"야! 너 뭐야?"

윽! 큰일이다. 누나다.

"너, 방금 똘이한테 무슨 짓 했어?"

누나가 손을 허리에 얹고 나를 씹어 먹을 듯이 노려보았다. 화가 머리끝까지 난 누나를 보니 다리에 힘이 풀리고 정신이 아득해졌다. 저승사자를 만난다고 해서 이보다 무서울까?

"그냥……장난 좀 치……!"

누나가 내 말허리를 확 잘랐다.

호은의 여왕과 사춘기 로맨스

"그게 장난이야!"

누나가 소리를 빽 질렀다. 나는 움찔 놀라 두어 걸음 뒤로 물러났다.

"너! 나 없을 때마다 이딴 식으로 똘이를 괴롭힌 거야?"

이럴 때 그랬을지도 모른다는 몸짓이나 낱말을 하나라도 내비치면 그걸로 끝이다.

"아니야."

있는 힘껏, 아주 정직하게 말했다. 그렇다고 누나가 내 말을 있는 그대로 믿어줄 리는 없었다.

"말 못 하는 동물이라고 똘이를 마구 학대하는 거야? 그래도 돼? 응?"

졸지에 나는 동물을 학대하는 파렴치범이 되었다. 아니라고 변명하려 했지만 누나는 내 입에서 말이 나올 틈을 주지 않고 몰아붙였다.

"똘이 괴롭히지 마! 건드리지도 마! 똘이처럼 힘 없는 동물을 괴롭히는 사람은 모두 악마야! 네가 아무리 못됐다고 해도 악마는 되지 마! 알았어?"

개껌을 한 번 베란다로 던졌다고 내가 악마라니, 어처구니가 없었다. 내가 황당하다는 표정으로 누나를 보자 누나가 나에게 성큼성큼 다가왔다.

짝~~~!

누나가 다짜고짜 내 등짝을 세게 때렸다.

"아얏!"

눈물이 찔끔 날 만큼 아팠다.

"아프긴 뭐가 아파? 말 못 하는 똘이가 겪는 아픔이 훨씬 커!"

똘이가 아픔을 겪는다고? 어처구니가 없다. 우리 집에서 똘이보다 편하게 사는 생명체가 있을까? 공부도 안 하지, 먹고 싶으면 먹고, 자고 싶으면 자고, 뭔 짓을 해도 최고 권력자가 지켜 주는데, 도대체 무슨 아픔을 겪는단 말인가?

"내가 말하면 알았다고 대답을 해야지, 그 황당하다는 표정은 도대체 뭐야? 앞으로도 똘이를 계속 괴롭히겠다는 거야?"

계속 입을 다물었다간 더 험한 꼴을 당할지도 모른다.

"아니, 나도 똘이 좋아해."

나는 마음에도 없는 소리를 했다. 그러고는 불쌍함과 반성을 알맞게 버무린 얼굴빛을 하고는 머리를 살짝 숙였다. 누나는 내가 지어낸 겉모습이 마음에 들었는지 더는 나를 다그치지 않았다.

"어휴, 우리 똘이 힘들었지? 저 악마가 널 괴롭히면 나한테 와서 일러, 알았지? 내가 가만히 안 둘 테니까."

누나는 똘이를 쓰다듬었고, 똘이는 누나 손을 핥으며 꼬리를 흔들었다.

그 순간 누나보다 똘이가 더 미웠다. 그러나 힘 없는 나는 똘이를 어떻게 할 수도 없었다. 누나는 똘이에게 개껌을 돌려주고, 꼭 안아 준 뒤 나를 째려보고는 자기 방으로 들어갔다. 누나가 사라지자 똘이는 더욱 거만한 자세로 거실에 앉아 개껌을 느긋하게 씹었다. 그 꼴을 계속 지켜보면 속이 뒤집어질 듯하여 얼른 내 방으로 들어갔다.

옷을 갈아입지도 않고 침대에 털썩 드러누웠다. 천장에 눈길을 두고 멍하니 있는데, 연분홍 진주와 거만한 똘이 모습이 하나둘 떠오르더니 조금 뒤에는 진주와 똘이가 천장을 꽉 채웠다. 진주를 떠올리면 한편으론 설레고 한편으론 답답했다. 똘이를 떠올리면 한편으론 부럽고 한편으론 노여움이 치밀었다. 설렘과 답답함, 부러움과 노여움이 뒤엉키니 내 감정을 나도 어쩌지 못할 만큼 혼란스러웠다. 진주와 똘이 가운데 하나라도 감정을 털어 내지 않으면 가슴이 폭발해 버릴지도 모른다는 걱정이 들었다. 진주와 똘이, 둘 다 당장 어떻게 해볼 도리가 없었지만, 그나마 똘이 쪽이 감정을 덜어 내기 쉬울 듯했다. 나는 휴대전화를 꺼내 태규에게 문자를 보냈다.

'나, 개가 되고 싶다'

곧바로 태규에게서 답장이 왔다.

'개같이 깽판을 치고 싶어? @.@~'

처음에는 태규 문자가 뭔 소리인지 몰랐지만 내가 보낸 문자가 속뜻을 제대로 담지 못했다는 생각이 들었다. 흔히 개가 된다는 말은 '개처럼(아니 똘이처럼!)' 막무가내, 엉망진창으로 군다는 뜻으로 쓴다. 태규는 '개가 되고 싶다'는 내 말을 막 나가는 짓을 벌이고 싶다는 뜻으로 받아들였다.

'깽판을 치고 싶은 게 아니고, 정말 개가 돼서 살고 싶다고'

나는 내 뜻을 제대로 풀어서 전했다.

'너 아까 도서관에서 만날 때부터 이상했어. 뭔 일 있지?'

나와 태규는 서로에 대해 모르는 게 거의 없다. 척하면 착이다. 이럴 때 작은 낌새라도 내비치면 태규는 귀신같이 알아채 버린다. 진주를 향한 내 마음을 들킬 수는 없다. 나에겐 이래저래 좋은 핑계거리가 있다.

바로 누나다.

'휴, 다 누나 때문이지 뭐!'

태규도 우리 누나가 어떤지는 잘 안다. 물론 내가 틈만 나면 누나가 얼마나 못됐는지 떠벌였기 때문이다.

'이번엔 또 왜?'

'똘이 때문에 또 구박을 당했어'

'그래서 개가 되고 싶다고 했구나! ㅎ.ㅎ; ㅎ_ㅎ'

문자에서 태규가 낄낄거리는 소리가 들리는 듯했다.

'아무래도 개팔자가 상팔자란 속담이 맞나 봐!'

'에이, 아무리 그래도 그렇지 개팔자가 사람 팔자보다 낫겠어? 그래도 사람이 낫지'

'다른 개는 몰라도 똘이와 같은 강아지는 사람 팔자보다 훨씬 나아'

태규도 똘이가 우리 집에서 어떤 대접을 받는지 잘 안다. 그렇기에 태규가 내 말에 곧바로 동의할 줄 알았는데 아니었다.

'아무리 그래도 똘이가 너보다 낫지는 않지'

여느 때 같으면 그쯤에서 장난스러운 분위기로 바뀌고, 시답잖은 문자를 주고받다가 끝낸다. 그런데 그날은 달랐다. 우리는 느닷없이 문자로 토론을 벌였다. 나와 태규 사이에서 처음 생긴 일이었다.

나　　아침에 일어나기 싫은데 일어나서 학교 갈 때, 저녁에 놀고 싶은데 학원 갈 때, 그때 똘이는 늘 늘어지게 자거나 한가하게 놀아. 나는 일요일 아침이 아니면 그렇게 늘어지게 못 자.

태규	푹 자는 게 부럽기는 하지만, 그래도 똘이한테는 자유가 없잖아.
나	나한테는 자유가 있냐? 나도 학교와 학원에 매여 살잖아. 맨날 공부에 숙제에 치여 살아. 나와 달리 똘이는 날마다 꼭 해야만 하는 일이 없어. 도리어 나보다 자유로워. 밥 먹고 싶을 때 밥 먹고, 놀고 싶을 때 놀고, 자고 싶을 때 자. 누나가 하루에 한 번씩 산책도 시켜 줘. 자유는 똘이가 더 누리고 있지.
태규	그래도 너는 나가고 싶으면 나가지만 똘이는 누나가 데리고 나가야만 밖으로 갈 수 있잖아. 너는 기회가 되면 세계 곳곳을 여행할 수도 있지만 똘이는 나가 봐야 집 가까운 곳밖에 못 가.
나	밖에 나가는 자유야 나보다 못하지만, 그래도 집안에서는 나보다 훨씬 자유로워. 누나라는 든든한 권력자가 지켜 주니 자기 하고 싶은 대로 다 해. 누나는 똘이가 해 달라는 거 다 해 주지만, 아빠와 엄마는 내가 해 달라는 거 잘 안 해 줘. 나는 누나 등쌀에 치이지만, 똘이는 눈치볼 사람도 없어.

반쯤 장난으로 똘이 팔자가 나보다 낫다고 했는데, 태규와 문자를 주고받다 보니 아무리 봐도 똘이가 나보다 훨씬 나은 팔자인 듯했다. 태규는 잠깐 동안 문자를 보내지 않았다. 내 말이 설득력 있었기 때문이다. 한참 지난 뒤 태규에게서 문자가 다시 왔다.

태규	자유로운 점은 그렇다고 쳐. 그렇지만 똘이는 외롭잖아.
나	똘이가 외로워? 똘이가 왜? 누나가 있는데?

태규   똘이한테는 너희 누나밖에 없어. 그렇지만 너희 누나는 낮에는 내내 집에 없잖아. 너희 집에는 평일에 아무도 없어. 그 기나긴 낮 시간 동안 얼마나 외롭겠어. 더구나 밤이 돼도 누나가 늘 집에 있지는 않잖아. 강아지에게 1년은 사람의 7년이란 말이 있어. 그 말은 개가 보낸 하루는 사람이 보내는 7일과 같다는 말이잖아. 7일 가운데 3~4일은 혼자서 아무도 없는 집에서 지낸다고 생각해 봐. 얼마나 외롭겠냐?

똘이가 외로울 수 있다는 생각은 해본 적이 없다. 똘이가 외롭다는 말에 갑자기 진주 얼굴이 떠올랐다. 보고 싶었다. 뜬금없이 보고 싶었다. 그 웃음, 그 하늘거리는 몸짓, 곱게 뻗은 종아리가 그리웠다. 나도 사무치게 외롭다.

나   우리 집에선 나도 외로워. 내 편은 아무도 없으니까.

태규   야, 그래도 너한테는 내가 있잖아.

나   똘이한테는 누나가 있어.

태규   너는 친구들을 만나서 놀기도 하고, 나랑 게임도 하고, 즐겁게 보내는 경우가 많잖아. 그렇지만 똘이는 오직 너희 누나밖에 없어. 아무리 네가 외롭다고 해도 똘이만큼은 아니야.

이렇게 되면 1:1이다. 똘이가 나보다 자유롭다. 어떤 점에선 내가 자유롭고, 똘이가 자유롭지 못한 면이 있지만, 견주어 보면 똘이가 더 자유롭다. 나는 똘이보다 외롭지 않다. 어떤 때 나도 외로움을 느끼지만 똘이보다는 덜 외롭다. 이 논쟁에서 내가 이기려면 다른 주장을 펼쳐서 똘이가 내 처지보다 낫다는 걸 증명해야 한다. 어떤 논리를 내세워야 할까? 이럴 때 진주라면 아주 가볍게 태규를 눌러 버리겠지? 아, 또 진주가 떠오른다. 사무치게 보고 싶다. 어떻게 하루도 안 돼서 이 정도로 속절없이 진주에게 빠져 버렸는지 모르겠다.

나 　똘이는 가만히 있어도 누나가 가장 좋은 사료와 간식을 줘. 똥도 다 치워주고, 때가 되면 씻겨줘. 똘이가 하는 일이라곤 누나 앞에서 꼬리를 흔들며 귀염 떠는 게 다야. 그렇지만 나는 앞으로 밥 벌어 먹고 살 재주를 기르려고 날마다 밤늦게까지 공부해야 돼. 나중에 어른이 되면 날마다 일하고, 혹시나 일터에서 잘리면 어쩌나, 일터가 망하면 어쩌면 걱정해야 해.

태규 　음식은 네가 훨씬 다양하게 먹잖아. 똘이는 먹어 봐야 사료에 간식밖에 더 있어?

나 　네가 몰라서 그래. 누나가 얼마나 다양한 간식을 똘이한테 먹이는데. 살찌면 안 된다고 다이어트에 좋은 사료를 먹이고, 뼈가 약해지면 안 된다며 뼈에 좋은 간식 먹이고, 털과 살결에 좋은 샴푸만 써. 누나가 똘이한테 들이는 정성의 절반만 우리 엄마가 나한테 들였으면 나는 몸에서 빛이 번쩍번쩍 날 거야.

태규 　너희 누나가 조금 유별나긴 하다.

나 　내 말이 맞지? 똘이 처지가 나보다 낫다니까.

태규 현재는 뭐 그렇다고 인정! 그렇지만 너희 누나 변덕이 죽 끓듯 하잖아. 누나가 마음이 바뀌어서 똘이를 버릴 수도 있지 않을까? 어쨌든 똘이 운명은 누나한테 달린 거잖아.

누나 마음이 바뀔 수 있다는 점은 미처 생각하지 못했다. 태규 말이 맞았다. 누나는 변덕이 죽 끓듯 한다. 아침에 기분 좋다면서 헤헤거리다가도 저녁이 되면 짜증을 있는 대로 부린다. 어떤 날은 내가 누나 방문을 두드리지 않고 들어가도 아무 소리 안 하지만, 어떤 날은 소파에 앉아서 가만히 있어도 왜 소파에 앉아 있느냐면서 짜증을 부린다. 정말 누나가 똘이를 향한 사랑을 거두어들이는 날이 올까? 만약 그리되면 똘이는 어떻게 될까? 갑자기 똘이가 불쌍해지고 누나가 미워졌다. 그렇게 생각해 보니 똘이와 나는 같은 처지였다. 똘이는 누나에게 행복이 좌우되고, 나는 진주에게 행복이 좌우되는 운명이다. 아, 자유롭지 못한 넋들에게 위로를!
나는 태규와 '개팔자가 상팔자'인지를 두고 더는 토론을 하기 싫었다. 토론을 벌일수록 내 처지가 비참해졌기 때문이다.
'이제 보니 똘이나 나나 엇비슷한 처지네.'
'아무리 그래도 사람이 개보단 낫지'
반박하고 싶었지만 더 논쟁할 힘이 없었다. 쉬고 싶었다.
'그래! 내가 더 낫다. 됐냐?'
'늘 이 형님 말씀이 맞지?'
'됐거든!'

토론의 여왕과 사춘기 로맨스

'ㅋㅋㅋ'

문자를 끝내고 누워 있는데 배가 고팠다. 시계를 보니 저녁 먹을 시간이었다. 옷을 갈아입고 방문을 열었는데 똘이가 떡하니 내 방문 앞에서 자고 있었다. 그것도 배를 하늘로 향하고. 아주 흡족한 웃음을 지으며! 아, 아무리 봐도 똘이 팔자가 나보다 낫다. 이건 논쟁하나 마나다. 태규가 우리 집에서 딱 하루만 지내보면 바로 내 말이 맞다고 인정할 것이다. 만약 진주가 우리집에 살면 어떨까? 진주도 누나한테는 밀릴까? 아니면 그 뛰어난 말솜씨로 누나를 제압해 버릴까? 나는 진주가 내 여자친구가 되어 누나를 제압하고, 똘이가 깨갱하며 도망치는 모습을 떠올렸다. 나도 모르게 흐뭇한 웃음이 입에 걸렸다.

"야, 너 바보같이 왜 웃냐?"

내 즐거운 상상을 누나가 깨뜨렸다.

"너 똘이한테 또 뭔 짓 했지?"

어휴, 또 트집이다. 이럴 때 잘못 대꾸하면 또 얻어맞는다.

"이제 막 방에서 나왔는데 내가 뭔 짓을 해?"

나는 얼른 몸을 숙여 똘이 배를 쓰다듬었다.

"아유, 귀여운 우리 똘이!"

나는 마음에도 없는 소리를 하고는 아무렇지 않게 부엌으로 갔다. 누나는 별말이 없었다. 위기를 넘겼다. 누나에 진주까지, 내 삶은 여자 때문에 엉망진창으로 꼬였다. 아무리 따져 봐도 개팔자가 상팔자다.

03
고전 독서토론 동아리

월요일 아침, 일주일 가운데 가장 늦게 일어나는 날인데 그날따라 빨리 눈이 떠졌다. 학교 갈 준비도 금방 마쳤다. 뒤숭숭했다. 학교에 가고 싶기도 하고 가기 싫기도 했다. 진주를 보고 싶었다. 조금이라도 빨리 가서 진주 얼굴을 보고 싶었다. 그렇지만 가기 싫기도 했다. 진주 얼굴을 보면 어떨지 겁이 났다. 진주를 보고 일어날 내 감정을 감당할 자신이 없었다. 학교에 안 갈 수는 없었다. 학교에 안 갈 만한 핑계도 없었다. 마음이 뒤숭숭한 채 학교에 갔다. 교실에 들어섰을 때 아무도 없었다. 이런 날은 처음이었다. 나는 자리에 앉아 진주 자리만 하염없이 바라봤다.

애들이 한 명씩 한 명씩 들어왔다. 그럴 때마다 혹시 진주인지 싶어서 가슴이 덜컹거렸다. 애들 숫자만큼 심장에 충격이 가해졌다. 지나친 충격으로 심장 쪽에서 통증이 느껴지기도 했다. 여러 번 심호흡을 했다.

그러다 마침내, 진주가 나타났다. 눈을 뗄 수 없었다. 정말, 말로 어떻게 표현할 수 없을 만큼, 눈이 부시게, 예뻤다. 하늘거리는 원피스가 아니어도 진주는 예뻤다. 아니 교복을 입은 모습이 더 예뻤다. 진주는 우리나라에서 가장 교복이 잘 어울리는 여학생이었다. 게임에서 가끔 나타나던 환상 속 여신이 우리 교실로 찾아들었다.

교실에 앉아서 진주를 기다릴 때 보고 싶기도 했지만, 다른 한편으론 다시 진주 얼굴을 보면 어제 나에게 찾아온 감정이 착각임을 깨달을지도 모른다는 기대도 했다. 그러나 진주를 보는 순간 착각이 아니고, 잠깐 일어난 감정도 아님을 알았다. 헤어나기 불가능한 늪에 빠져 버렸음을 인정할 수밖에 없었다.

"야, 뭐하냐?"

태규였다.

"바보처럼 입을 벌리고."

태규가 내 얼굴을 뚫어지게 봤다.

"뭘 봐? 됐어."

나는 되도록 차갑게 대꾸하고는 괜히 가방에서 책과 공책을 주섬주섬 다 꺼냈다.

"어쭈, 이거 봐라. 아무래도 이상해!"

태규가 실눈을 뜨고 팔짱을 끼며 내 몸 구석구석을 살피는 시늉을 했다.

"징그럽게 그러지 말고, 네 자리로 꺼져!"

나는 태규에게 내 속마음을 들키지 않으려고 얼른 태규를 밀어 버렸다.

"짜식, 날카롭기는……!"

태규가 제 자리로 돌아가고 나자 나는 얼음이 되어 한동인 그대로 있었다. 도대체 뭘 어떻게 해야 할지 종잡을 수 없었다. 머리도 가슴도 온통 진주뿐이었다. 내가 한 여자에게 이렇게 빠졌다는 사실이 여전히 믿기지 않았다.

그날 하루는 정신 줄을 놓은 채 보냈다. 수업 시간에도 진주만 바라보았다. 지루한 선생님이 수업을 할 때면 늘 안 자는 척하면서 교묘하게 잤는데, 진주만 바라보니 잠도 오지 않았다. 쉬는 시간이면 슬쩍 진주 옆을 걸어서 지나갔다. 진주가 친구들과 이야기를 나누면 다른 애들과 노는 척하며 진주가 무슨 말을 하는지 들으려고 귀를 쫑긋 세웠다. 진주 목소리가 들릴 때면 천사를 만난 듯 반가웠고, 행복했다. 밥을 어떻게 먹었는지도 모르겠다.

마지막 수업 때 진주가 발표를 하는데 황홀했다. 전에는 진주가 내뱉는 말 한마디 한마디가 재수 없고, 꼬투리를 잡고 싶었는데 이제는 정반대였다. 진주 말이 다 맞게 들렸고, 흐르는 물처럼 풀어내는 말솜씨가 부러웠고, 목소리가 귀를 어루만질 때마다 가슴이 두근거렸다. 말빛은 빛나고 말맛은 달콤했다. 진주의 발표가 끝나니 정말 아쉬웠다. 수업 시간 내내 진주만 말을 하면 좋겠다. 지루하고 뻔한 선생님 목소리는 사라지고 진주 목소리만 교실을 가득 채우면 좋겠다.

태규가 학원 가기 전에 잠깐 PC방에 가자고 했지만 거절했다.

"이상해, 이상해! 내가 알던 배윤호가 아니야!"

태규는 내 둘레를 맴돌며 마치 셜록홈즈라도 된 듯 내 비밀을 알아내려고 했다. 아마 머지않아 태규는 내가 진주를 좋아한다는 사실을 알아내고 말 것이다. 아마 내 입으로 말할지도 모른다. 나와 태규는 둘도 없는 벗이고, 우리는 거의 모든 비밀을 공유한다. 그렇지만 아직은 때가 아니다. 나조차 내 마음을 종잡을 수 없는 상태에서 내 비밀을 태규에게 털어놓기는 싫었다.

학원에 가서도 수업을 제대로 들을 수 없었다. 학원 선생님에게 정신 차리라고 구박도 당했다. 집에 와서 밥 먹는 것도 잊고 진주만 생각했다. 하루 내내 눈과 귀로 담아 온 진주를 방안 가득 풀어놓고 그 속에 푹 빠져들었다.

'내가 진주와 맺어질 수 있을까?'

걱정스러웠다.

'안 맺어지면 어떻게 하지?'

불안했다.

'알아볼 방법이 없을까?'

문득 이름궁합 앱이 떠올랐다. 이름궁합 앱에 좋아하는 아이돌 가수와 자기 이름을 쓰고 궁합이 어떤지 알아보는 여자애들을 종종 보았다. 여자애들이 궁합을 보면서 좋아하거나 안타까워하는 장면을 볼 때마다 정말 한심하다고 여겼는데, 내가 그 유치한 짓에 끌린 것이다. 여자애들 마음이 이해되었다. 사랑에 빠지면, 정말 그 사람이 좋으면 유치해지고 작은 지푸라기라도 잡고 싶은 마음이 든다.

나는 스마트폰을 꺼내 이름궁합 앱을 깔았다. 궁합을 보는 방법은 아주 간단했다. 내 이름과 진주 이름을 쓰면 바로 이름궁합이 나왔다. 처음 본 이름궁합 앱에서는 '좋으면서 싫은 척'이란 말만 나왔다. 내가 진주를 좋으면서 싫은 척한다는 뜻일까? 맞는 말이긴 하다. 나는 진수가 좋지만 겉으로는 싫은 척한다. 아니 싫은 마음은 연분홍 진주를 만나기 전이었고 그 뒤로는 싫은 척도 못한다. 그냥 좋아한다고 드러내지 못할 뿐이다. 어쩌면 진주가 나를 좋아하는데 안 좋아하는 척하는지도 모른다. 정말 그럴까? 나는 내 감정이 궁금한 게 아니라 진주 마음이 궁금하다. 그렇다면 이름궁합도 진주 마음을 내게 알려 주지 않았을까? 그럼 얼마나 좋을까?

앱 하나로는 궁금증이 다 풀리지 않았다. 다른 이름궁합 앱을 또 하나 깔았다. 궁합을 보는 법은 똑같았다. 내 이름과 진주 이름을 쓰니 궁합이 나왔다. 이번에는 한 문장이 아니라 긴 글로 궁합이 나왔다. 첫 문장을 읽었는데 좋은 궁합은 아니고 그저 그런 궁합이란다. 나와 진주가 좋은 궁합이 아니라니 실망이 컸다. 속이 타들어 갔다. 그런데 그 뒤에 나온 글이 나를 다독였다. 아주 좋은 궁합은 도리어 쉽게 금이 가지만, 이런 궁합은 인연이 맺어지기만 하면 아주 좋단다. 맺어지기만 하면 아주 좋은 궁합이라니 흐뭇했다. 그러다 '맺어지기만 하면'이라는 말이 탁 걸렸다. 맺어지기만 하면 좋겠지만, 과연 진주와 내가 맺어질까?

또 다른 앱을 깔고 이름궁합을 봤다. 서로 좋아하면서 싫어하는 척한다는 말이 또 나왔다. 주변에서 엮어 주는 분위기를 만들면 뒤로 빼지 말고 연인이 되라고 한다. 서로 짝이 되면 좋을 확률이 무려 95%란다. 입이 찢어질 듯 기뻤다. 이름궁합으로만 보면 진주도 나를 좋아한다는 말이다. 이 어찌 기쁘지 않겠는가? 그러나 기쁨은 오래가지 않았다. 어차피 별 근거도 없는 이름궁합이다. 그냥 재미로 보는 궁합일 뿐이다. 이 궁합이 다 맞는다면 여자애들은 모두 아이돌 남자 연예인과 맺어지고, 연인이 되어야 한다. 그렇지만 그런 일은 일어나지 않는다. 무엇보다 누가 나와 진주를 엮어 주겠는가? 태규라면 내 일도 자기 일처럼 나서서 해 준다. 그렇지만 안타깝게도 태규는 진주와 안 친하다. 아니 진주를 싫어한다.

그다음 날도 진주만 바라보고, 진주만 생각하고, 진주 말에만 귀를 기울였다. 나는 진주 해바라기였다. 어떻게든 진주 가까이 다가가서 진주와 말 한마디라도 나눠 보려고 했지만 쉽지 않았다. 꼬투리 끈이라도 밟히면 꼭 쥐고 다가가고 싶었지만 작은 기회도 오지 않았다. 진주를 자세히 알고 싶었지만 알 길이 없었다. 뭘 좋아하고, 뭘 싫어하는지, 어떤 남자를 좋아하는지, 어떤 노래를 좋아하는지, 좋아하는 음식이 뭔지, 좋아하는 빛깔이 뭔지 알고 싶었지만 아무것도 알아낼 길이 없었다.

화요일 밤, 나는 처음으로 기도를 했다. 어떤 신을 떠올리고, 어떤 종교를 염두에 두고 한 기도는 아니었다. 그냥 간절한 마음으로 기도를 했다. 제발 진주와 가까워질 수 있는 기회를 달라고, 그 동안 내가 한 잘못 때문에 진주에게 가까이 다가갈 기회를 주시지 않는다면 신께 무릎 꿇고 용서를 빌 테니 제발 기회를 달라고 기도했다.

그다음 날, 아주 놀라운 일이 일어났다. 어쩌면 신이 내 기도를 들어주셨는지도 모르겠다. 지성이면 감천이라는 옛말이 현실이 되어 나타났다.

아침 조회 때 담임선생님이 오늘과 내일 자율동아리 추가 설립신고를 받는다고 알려 주었다. 자율동아리는 3월에 설립이 끝났다. 그때 선생님들이 기대한 만큼 자율동아리가 설립이 안 됐고, 또 두 달쯤 지나고 나니 여러 학생들이 자율동아리를 새롭게 만들고 싶다는 의견이 많아서 새롭게 설립할 기회를 주겠다고 했다. 자율동아리를 만들려면 적어도 여섯 명이 있어야 하며, 신청서를 작성해서 교무실로 제출하면 심사를 거쳐 담당 선생님을 배정하고 정식 자율동아리로 인정해 준다고 했다. 나는 자율동아리 따위는 마음에 두지 않았기에 그냥 흘려들었다. 무엇보다 내 마음을 진주가 꽉 채우고 있는 탓에 선생님 말이 들어오지도 않았다.

담임선생님이 조회를 끝내고 나가자 태규가 곧바로 나를 찾아왔다.

"야, 우리 게임동아리 만들까?"

끌리긴 했지만, 게임동아리를 학교에서 허락해 줄 리 없었다.

"심사에서 떨어질걸?"

나는 시큰둥하게 대꾸했다.

"그야 모르잖아. 한번 해보자."

"됐어. 괜히 게임동아리 신청했다가 선생님들한테 찍히기 싫어."

말은 그렇게 했지만, 옛날 같으면 뒤로 물러설 내가 아니었다. 아마 태규보다 내가 더 앞장섰을 것이다. 그렇지만 진주에게 빠진 뒤, 게임을 하고 싶은 욕구마저 사라져 버렸기에 게임동아리에 흥미가 없었다.

그날 오전도 진주 해바라기가 되어 지내는데, 점심 때 아주 놀라운 정보가 내 귀에 들어왔다. 진주가 자율동아리를 만든다는 소식이었다.

토론의 여왕과 사춘기 로맨스

그야말로 특급 정보였다. 진주가 만들겠다는 자율동아리는 이름도 거창한 '고전 독서토론 동아리'였다. 물론 저번 주에 진주가 '고전 독서토론 동아리'를 만든다는 말을 들었다면 기겁을 했을 나다. 나는 독서도, 토론도 싫기 때문이다. 물론 고전은 더더욱 싫다.

나는 책읽기를 싫어한다. 심지어 만화를 좋아하면서도 만화책은 안 읽는다. 초등학교 5학년 때 책과 헤어진 뒤 다시는 만나지 않았다. 학교에서 하라는 독서 숙제는 인터넷에서 보고 대충 베껴서 내고는 읽은 척했다. 나는 토론도 싫다. 그냥 좋으면 좋은 거고, 싫으면 싫은 거지 뭘 그렇게 꼬치꼬치 따져 가며 말로 다투는지 모르겠다. 누나한테 말로 숱하게 당한 탓에 말솜씨를 겨루는 토론도 끔찍하게 싫어한다. 독서와 토론도 싫은데 거기에 재미있는 책도 아니고 '고전'을 읽어야 한다니, 그야말로 가시 위에 똥을 싸고 독을 푼 격이다.

이런 내가 '고전 독서토론 동아리'를 마음에 둔 까닭은 순전히 진주 때문이다. 진주가 만든 동아리에 내가 들어가면 나는 자연스럽게 진주와 가까워진다. 같은 동아리 활동을 하니 평소에도 진주와 가깝게 지낼 기회가 늘어난다. 다른 애들 눈치 안 보고 진주와 말을 나눌 수도 있다.

진주가 자율동아리를 만들 계획이라는 정보를 들었을 때부터 나는 무조건 그 동아리에 들어가겠다고 마음먹었다. 그곳에 똥과 가시와 독이 있다 해도 마다할 내가 아니었다. 문제는 내가 들어가겠다고 해서 진주가 받아 줄지 확신이 없다는 점이다. 평소에 내가 진주와 가까운 사이도 아니고, 무엇보다 내가 진주를 재수 없어 한다는 사실을 진주도 알기 때문이다. 그렇다고 포기할 수는 없었다. 이 기회를 놓치면 또 다른 기회가 언제 올지 알 수 없기 때문이다.

나는 모든 정보 레이더를 돌리며 진주가 만드는 자율동아리가 어떻게 되어 가는지 틈날 때마다 확인했다. 첫날, 내 정보에 따르면 진주가 만들려는 자율동아리는 애들이 잘 모이지 않았다. 그럴 수밖에 없었다. 많은 애들이 책 읽기를 싫어한다. 토론을 좋아하는 애들은 꽤 있겠지만 책 읽기를 좋아하는 애들은 흔치 않았다. 더구나 그냥 책도 아니고 '고전'이니 애들이 쉽게 모일 리가 없었다. 무엇보다 동아리를 만들려는 주체가 진주다. 많은 남자애들은 진주를 가까이 하기 꺼려한다. 남자애들 가운데 진주에게 허튼소리 했다가 당한 애들이 한둘이 아니다. 여자애들도 진주를 어려워한다. 물론 가까이 지내는 친구는 꽤 있지만 진주는 함부로 대하기 어려운 상대였다. 동아리가 쉽게 만들어지지 않는다는 사실이 반갑기도 했지만 한편으론 걱정스러웠다. 여섯 명이 안 되면 동아리 등록을 할 수가 없고, 동아리 등록을 못 하면 진주와 가까워질 기회가 사라지기 때문이다. 동아리를 하겠다는 애들이 다섯에서 멈추고 나는 여섯째로 들어가는 경우가 가장 좋은 시나리오였다.

둘째 날, 아침에 수집한 정보에 따르면 동아리 구성원이 진주를 포함해 넷이 모였다. 다행이기도 했지만 걱정도 되었다. 내가 들어간다고 하기도 전에 여섯이 차 버리면 진주가 나를 안 받아 줄지도 모르기 때문이었다. 내가 파악한 바에 따르면 동아리 신청자는 홍정혜, 김찬기, 장동수였다. 홍정혜는 진주와 매우 가까운 친구로 초등학교 선생님이 꿈인 여학생이다. 진주에겐 미치지 못하지만 꽤나 말을 잘하고 나서기 좋아한다. 진주가 동아리를 만든다고 했을 때부터 당연히 홍정혜가 같이 할 줄 알았다. 그렇지만 다른 두 남자애들은 뜻밖이었다.

김찬기는 옆 반인데 우리 학교에서 1·2등을 다투는 우등생이다. 집에 돈도 많고, 키도 제법 크고, 인정하기 싫지만 잘생기기까지 했다. 우리 학교 남자애들은 다들 한 번쯤 엄마에게 찬기랑 견줘지며 구박을 당해 본 경험이 있다. 그래서 다들 김찬기를 질투한다. 그렇다고 싫어하지는 않는다. 김찬기가 그렇게 버릇 없고 잘난 척하는 됨됨이는 아니기 때문이다. 장동수는 김찬기와 가까운 애인데 어릴 때부터 동네에 소문이 자자했다. 두 살 때 장난감을 가지고 노는데 이진법으로 수학 계산을 했다는 말도 들었다. 처음 들었을 때는 장동수 엄마가 지어낸 이야기인 줄 알았는데 겪어 보니 믿을 수밖에 없었다. 같은 동네에 살고, 학원도 같이 다녀 봤는데 동수는 늘 입에 수학과 과학 이야기만 올렸다. 다른 이야기는 아예 하지도 않았다. 수학 문제를 풀 때가 가장 즐겁다는 동수는 애들 사이에서 괴물로 통했다. 동수가 입에 올리는 수학·과학 이야기는 지나치게 어려워서 나 같은 수준에서는 무슨 말인지 알아듣기도 힘들었다. 김찬기 정도만 장동수와 이야기를 나눌 수준이 돼서 그런지 몰라도 둘이 매우 가깝다. 장동수는 로봇공학자가 되는 게 꿈이다.

가만히 따져 보니 찬기는 동아리에 들 만했다. 똑똑하고 책도 많이 읽기 때문이다. 그렇지만 아무리 봐도 동수는 아니었다. 동수는 과학·수학 쪽은 천재지만 다른 쪽 분야는 평범하다. 아마 고전 쪽 책은 나 못지않게 싫어할지도 모른다. 그런 동수가 고전을 읽고 독서토론을 하는 동아리에 스스로 들 까닭이 없다. 아무래도 친구인 찬기가 끌어들인 듯했다. 어쨌든 동아리원이 넷이다. 이제 한 명만 들어오면 그때에 맞춰 내가 들어가면 된다. 그러면 나를 안 받아 줄 수 없을 것이다. 나는 다섯째 동아리원이 누구고, 언제 들어오는지 레이더를 최대 효율로 곤두세웠다. 그러나 점심 쉬는 시간이 끝날 때까지 레이더에 걸려든 애가 없었다. 아무도 고전 독서토론 동아리에 들어가려고 하지 않았기 때문이다. 내 예상이 맞았다. 독서토론도 어려운데 고전 독서토론이니 회원 모집이 어려울 수밖에 없다. 이대로 가면 동아리가 만들어지지 못하고, 진주와 함께할 기회가 사라진다. 그렇게 되면 안 된다. 고민 끝에 나는 찬기와 같은 방법을 쓰기로 했다.

5교시가 끝나자 나는 태규를 따로 불러냈다.

"뭐? 진주가 만드는 고전 독서토론 동아리에 들자고? 야! 미쳤냐?"

태규의 눈이 커졌다. 웃을 때면 실눈이 되는 태규 눈이 그렇게까지 커질 수도 있음을 그때 처음 알았다.

"나 아주 정상이야. 그러지 말고 같이 동아리에 들자."

"정말 어이가 없어서……. 책이면 만화책도 귀찮아서 안 보면서, 고전 독서?"

"학생이면 책을 읽어야지."

내가 말해 놓고도 닭살 돋았지만, 닭살이든 개살이든 가릴 때가 아니었다.

"헐, 배윤호 입에서 그런 말이 나오다니, 가만 오늘 아침에 해가 서쪽에서 떴나?"

태규는 뜬금없이 창밖을 보더니 하늘에 뜬 해를 확인했다.

"어, 해는 정상인데……, 그럼 우리 윤호가 드디어 미쳤구나!"

아무래도 논리로는 설득이 안 된다. 이럴 때는 우정을 걸어야 한다.

"야, 임태규! 너 나랑 둘도 없는 친구지?"

"그야, 당연하지."

"그럼 이번만 친구 부탁 들어주라."

태규는 잠깐 고민하는 듯했다. 태규가 내 뜻을 따라줄지도 모른다고 기대했는데 조금 뒤에 나온 태규의 대답은 내 기대와 달랐다.

"아무리 그래도 고전 독서는 아니야. 독서토론까지만 돼도 네 말대로 어떻게 해보겠지만, 고전이라니…… 그건 지옥이야 지옥!"

태규는 혀를 내둘렀다. 이럴 때일수록 더 세게 밀어붙어야 한다. 태규는 마음이 약해서 강하게 부탁하면 아무리 싫어도 내 뜻을 따라온다. 물론 나도 태규가 간절히 원하면 태규가 바라는 대로 해 준다. 우리는 둘도 없는 친구기 때문이다.

"야, 진짜! 너 내 친구 맞아?"

나는 세게 나갔다. 태규의 눈빛이 흔들렸다. 깊이 고민하는 듯했다. 나는 이번에야말로 태규가 내 뜻을 따라 주리라 믿었다.

"너, 아무래도 이상해. 너 스마트폰 이리 줘 봐."

나는 태규 마음을 돌려놓는 데 온 마음을 쓰고 있었기에 태규가 스마트폰을 달라는 말을 듣고도 아무 생각이 들지 않았다. 5교시가 끝나기 전에 태규가 내 뜻대로 움직여 주기만 바랐다. 그래서 고전 독서토론 동아리가 내 덕분에 등록이 되게 만들고 싶었다. 그럼 진주는 내게 엄청 고마워하면서 나를 다르게 볼 것이다. 진주가 나에게 고맙다는 말을 하는 상상을 하며 속으로 빙그레 웃었다.

"이거 봐. 그럴 줄 알았어."

태규는 잡기 힘든 범죄자를 힘들게 잡아낸 탐정처럼 말했다.

"천하에 배윤호가 진주를……."

이런 맙소사! 나는 화들짝 놀라 태규 입을 손으로 틀어막았다.

"뭐야? 어떻게 알았어?"

나는 소리 죽여 물었다.

내 손에 입이 막힌 태규는 말은 못 하고 내 스마트폰에 있는 궁합 앱을 손가락으로 가리켰다. 여러 이름궁합 앱엔 내가 진주 이름을 써넣은 기록이 그대로 남아 있었다. 이런 실수를 하다니……. 재빨리 이름궁합을 모조리 지웠다.

"너 진짜 미쳤냐? 어떻게 진주를……."

태규도 소리 죽여 말했다.

나는 대답은 못 하고 긴 한숨만 쉬었다.

"그래서 그렇게 동아리를 들어가려고 한 거야?"

나는 고개를 끄덕였다.

"햐, 내 참, 어이구, 정말!"

태규는 여러 감탄사를 내뱉으며 어쩔 줄을 몰랐다.

"야, 아무리 그래도 진주를……."

"그렇게 크게 떠들지 마! 다른 남자애들한테 소문나면 나 쪽팔려서 학교 못 다녀."

"그건 아네."

태규는 팔짱을 끼었다.

깊이 고민하는 듯했다. 태규에게 비밀을 들켰지만 크게 걱정하지는 않았다. 어차피 아무 때가 되든 태규에겐 가장 먼저 털어놓을 생각이었기 때문이다. 내가 진주를 좋아한다고 하면 놀라긴 하겠지만 태규는 어떤 경우에도 내 편이 될 친구였다.

"아무리 그래도 그렇지, 나는 고전 독서토론 동아리는 싫어. 아니 터놓고 말하면 못 해. 너야 진주가 좋아서 하겠지만, 나는 못 해. 그 동아리에 들어가면 어쨌든 동아리 활동은 어느 정도는 해야 하는데, 나는 조금도 하지 못할 거야. 그건 진주나 다른 애들에게도 예의가 아니야. 너에겐 정말 미안한 말이지만, 정말 못 하겠어."

태규는 여느 때 답지 않게 아주 진지하게 말했다.

나는 태규 말에서 진심을 느꼈다. 그리고 태규 말이 맞다고 생각했다. 내 욕심이었다. 아무리 친구지만 강요해서는 안 될 요구도 있는 법이다. 물론 거기서 내가 더 세게 밀어붙이면 태규는 내 뜻대로 할 친구지만, 그러고 싶지는 않았다. 진주를 사랑하는 마음 못지않게 태규와 나누는 우정도 소중하기 때문이다.

나는 태규 말고 다른 녀석들에게 동아리에 같이 들자고 말할 수는 없었다. 태규 정도 되는 친구이기에 스스럼없이 말할 수 있었다. 어쩔 수 없이 나 혼자라도 일단 동아리에 드는 수밖에 없었다. 나머지 한 명은 그다음에 고민하기로 했다. 나는 6교시가 끝나자마자 진주에게 갔다.

"혹시……."

내가 말을 걸었다.

진주가 나를 쳐다봤다. 맑은 흰빛을 껴안은 새까만 눈동자에 내 모습이 담겼다. 가슴이 철렁 내려앉았다.

"무슨 일이야?"

어쩌면 목소리마저 이렇게 곱고 아름다울까?

"네가 만든다는 동아리에 들어가도 되나 해서."

나는 아주 조심스럽게 말했다.

"정말? 그래 줄래?"

진주는 내 예상보다 훨씬 반가워했다.

"고마워. 네 덕분에 여섯 명을 채웠어. 정말 고마워."

"여섯 명? 내가 알기론 네 명이라고……."

"응, 조금 전에 현경이한테서 문자가 왔어. 자기도 하겠다고."

지현경은 늘 말없이 다니는 여자애다. 같은 동네고, 같은 초등학교를 다녀서 얼굴은 알지만 말이 별로 없어서 가까워질 기회가 없었다. 어떤 애들 말로는 시를 쓴다고도 했다. 나랑은 결이 다른 애였다.

나는 진주가 내미는 신청서를 썼고, 내가 바라던 대로 여섯째 가입자가 되었다.

학교를 마치고 집에 가는데 태규가 내게 바짝 붙어서 조용하게 물었다.

"동아리 인원은 채웠어?"

"물론!"

나는 유쾌하게 대꾸했다.

"휴, 다행이다. 여섯을 못 채우면 나라도 할 생각이었는데."

64

역시 태규는 멋진 친구다.

"그나저나 너 정말 진주를 좋아해?"

나는 그냥 고개만 끄덕였다.

"정말 돌아버리겠네. 걔가 얼마나 센 앤데……. 더구나 너를 좋아할 만한 애도 아니고……."

태규가 아주 걱정스럽게 말했다.

"그런 걱정은 나중에 하고. 일단은 동아리에 들었으니 됐어."

"동아리에 들었다고 진주와 어떻게 잘 되리란 기대는 마."

"찡찡이 국어 선생이 늘 말하잖아. 천리 길도 한 걸음부터라고."

나는 국어 선생님 흉내를 내며 낄낄거렸다.

"어이구, 그러서? 너는 열심히 천리 길 걸어 봐. 나는 자동차 타고 갈 테니."

태규가 내 옆구리를 푹 찌르더니 도망을 쳤다.

나는 신경질을 내는 척하며 태규를 쫓았다. 그러다 둘이 얼굴을 마주 보고는 배꼽을 잡고 웃었다. 왜 그렇게 웃음이 터졌는지는 잘 모른다. 그냥 우리는 둘이 보기만 해도 웃겼고, 즐거웠다.

"그나저나 너, 고전을 읽을 수는 있겠냐?"

한참 웃고 난 뒤 태규가 진지하게 물었다.

그때까지 나는 진주만 생각하느라 고전 책을 읽는다는 걱정은 하지 않았다. 만화책도 안 읽는 내가 고전 책을 붙잡을 자신은 없었다. 내가 제대로 책을 읽어 가지 않으면 진주가 싫어하고, 그러면 진주와 가까워 지기 어렵다. 단순한 문제는 아니었다. 진주와 같은 동아리에 들었다고 좋아하기만 했지, 내가 동아리 활동을 제대로 못 하면 진주가 나를 더욱 싫어할 수도 있다는 생각은 미처 못했다. 한 고비 넘었더니 더 큰 고비가 나를 기다렸다.

04
고전은 인류에게 남겨진 위대한 수면제다

드디어 첫 모임, 가슴이 뛰었다. 물론 진주만 떠올리면 늘 설렜지만, 멀리서만 바라보다 가까운 자리에 함께 앉아 이야기를 주고받는다고 생각하니 설레는 정도가 훨씬 강해졌다. 학교에서 뭘 한다고 해서 가슴이 뛴 적이 언제였던가? 초등학교 저학년 때 소풍 간다고 설렜던 적이 있지만 뚜렷하게 떠오르지는 않는다. 학교에서는 놀고, 장난치고, 밥먹을 때만 신난다. 시험은 괴롭고, 수업은 지루하고, 수행은 부담이고, 숙제는 짜증나고, 활동은 심심하다. 학교에서 하라는 이런저런 활동은 해도 그만이고 안 해도 그만이었다. 그런 내게 놀지도 않고, 장난치지도 않고, 밥을 먹지 않는데도 신나고 행복한 시간이 생겼다.

첫 모임에 여섯 명이 모였다. 동아리를 만든 진주, 진주 친구 정혜, 똑똑한 찬기, 과학·수학 영재 동수, 새침한 모범생 현경, 그리고 진주를 짝사랑하는 나, 이렇게 여섯이다. 여섯 가운데 내가 고전 독서토론 동아리 분위기에 가장 안 맞았다. 다들 공부도 잘하고, 모범생이고, 책도 많이 읽는 애들이지만 나는 결이 전혀 다른 세상에 속하기 때문이다. 공부 잘하는 모범생들 사이에 있으려니 아무래도 어색했다. 그렇지만 진주와 함께여서 괜찮았다.

"고전 독서토론 동아리에 들어와 줘서 다들 고마워. 독서토론은 좋다고 하면서도 어려운 책을 읽는다고 하니 못 오겠다고 하는 애들이 많았는데 힘든 고전 읽기를 하겠다고 나선 너희들은 정말 멋진 애들이야."

진주는 어쩌면 저렇게 말도 잘할까? 왜 옛날에는 저렇게 말을 곱게 잘하는 진주를 재수 없다고 여겼을까? 아무래도 예전에 나는 머리가 어떻게 되었나 보다. 그날, 도서관 앞에서 내 정신이 제대로 돌아온 게 천만다행이었다.

"처음 본 애들도 있을 테니 각자 소개를 하자. 소개는 간단히 하고 동아리에 가입한 동기나 각오를 자세히 듣고 싶어. 누가 먼저 할래?"

그때까지 뚫어져라 진주만 보던 나는 얼른 눈을 다른 데로 돌렸다. 눈이 마주치면 나를 먼저 시킬지도 모르기 때문이다. 나는 나를 어떻게 소개할지 막막했고, 내가 가입한 동기나 각오는 입 밖으로 내뱉을 수 없기 때문이다. 이럴 때는 다른 애들이 하는 말을 듣고 대충 흉내를 내는 게 좋다.

"나부터 할게. 내 이름은 김찬기고, 내가 진주와 같이 이 동아리를 만들자고 처음 의견을 나눴어."

진주와 찬기가 가까운 사이였나? 뭔지 모를 불안이 스멀스멀 올라왔

토론의 여왕과 사춘기 로맨스

다. 나는 찬기와 진주를 번갈아 살폈다. 찬기를 바라보는 진주 눈빛이 꽤나 다정해 보였다. 설마 둘이 그렇고 그런 사이는 아니겠지? 만약 그렇다면 이 동아리 모임은 내게 지옥이 된다. 절대 그래선 안 된다.

"요즘 애들은 책을 지나치게 안 읽어. 그나마 책을 읽는 애들도 고전은 아예 읽을 생각도 안 해. 나는 고전이야말로 청소년 시기에 꼭 읽어야 한다고 봐. 그래서 고전 독서토론 동아리를 만들고 싶었고, 너희들과 같이 하게 된 거야. 함께하게 돼서 정말 반가워."

찬기 말을 듣는데 기가 죽었다. 어떻게 저렇게 멋진 말을 똑 부러지게 잘하는지 정말 부러웠다. 찬기를 바라보는 진주 눈빛이 더욱 맑게 빛났다. 미치겠다. 공부도 잘하는 애가 말까지 청산유수로 잘하니 내가 진주라도 나보다 찬기를 더 좋아하겠다는 생각마저 들었다. 먹구름이 사랑으로 고동치던 심장에서 빛을 빼앗아 갔다. 슬픔과 좌절을 머금은 비가 나이아가라 폭포보다 무서운 기세로 쏟아져 내렸다.

"내 이름은 홍정혜야. 진주랑 오랫동안 가까이 지낸 친구고, 진주가 같이 해보자고 해서 동아리에 가입했어. 친구 따라 강남 간다는 속담을 떠올릴지도 모르겠지만, 꼭 그렇지만은 않아."

정혜 말투에서는 자신감이 물씬 풍겼다. 아무래도 진주와 가까운 사이라 서로 닮은 듯했다. 정혜를 보는 진주 눈빛을 살펴보니 찬기를 볼 때와 엇비슷했다.

"내 꿈은 선생님인데 선생님이 되려면 아무래도 고전을 많이 읽고 지식과 지혜를 쌓아야 한다고 생각했어. 또한 앞으로 우리나라 교육은 주입식에서 토론식으로 바뀌어야 하는데, 우리나라 교육을 이끄는 선생님이 되려면 토론 실력을 나부터 키워야 한다는 생각에 이 동아리에 들어왔어. 만나서 반갑고, 앞으로 잘 지내자."

정혜도 굉장히 말을 잘했다. 이런 애들 사이에서 지내면 내가 더욱 못난이로 보일지도 모르겠다. 못나 보이는 나를 진주가 좋아해 줄까? 이 동아리에 들지 말아야 했을까?

"내 이름은 장동수, 나도 찬기가 함께 하자고 해서 왔는데, 처음엔 거절했어. 나는 과학이랑 수학이 참 좋고, 고전은 나에게 맞지 않다고 여겨졌거든."

동수를 보는 진주 눈빛은 여전히 맑고 빛났다. 보기만 해도 기분 좋게 만드는 웃음도 여전했다. 그때까지 한결같은 눈빛이었다. 그렇다면 찬기와 진주가 그렇고 그런 사이일지도 모른다는 걱정은 내 열등감이 빚어낸 착각일 가능성이 높았다. 다행이었다.

"그렇지만 찬기가 과학과 수학을 잘하려면 고전을 많이 읽어야 하고, 무엇보다 21세기에는 융합형 인재가 대세인데 나는 한쪽으로 지나치게 치우쳤다고 설득했어. 그 말에 딱히 반박할 말이 떠오르지 않아 이 동아리에 함께하기로 마음먹었어. 터놓고 말해서 고전을 제대로 읽을 수 있을지 자신은 없어. 그 시간에 수학 문제 푸는 게 더 낫겠다는 생각도 아직 버리지 못했고. 그렇지만 일단 해보려고. 그러니까 내가 조금 모자라더라도 이해해 주길 바랄게."

동수 말을 듣고 나니 조금은 자신감이 생겼다. 이제 지현경과 나만 남았다. 먼저 할지 나중에 할지 눈치를 보는데 현경이가 먼저 나섰다.

"내 이름은 지현경이고……, 그냥… 책을 좋아해서… 들어왔어."

더듬더듬 말을 하던 지현경은 힐끗 찬기를 보더니 입을 다물었다. 공부도 잘하고 모범생이라 말을 잘할 줄 알았는데 더듬거릴 뿐 아니라 떨림까지 느껴져서 뜻밖이었다. 다들 무슨 말이 더 나올 줄 알고 기다렸지만 지현경은 입을 꾹 다문 채 아무 말도 하지 않았다. 잠깐 어색한 침묵이 흘렀다.

"아, 잘 부탁해."

다들 자기를 보고 다른 말을 기대하는 눈치임을 알아챈 지현경이 뒤늦게 한마디 덧붙였다. 물론 어색함을 없애기에는 넉넉하지 않았지만, 지현경이 마무리 말을 했기에 모든 눈길이 나에게 쏠렸다. 이제 내 차례였다.

"나는 배윤호야."

이름을 말하고 잠깐 막막했다. 있는 그대로 들어온 동기를 말하고 싶었지만 그럴 수는 없었다. 진주를 좋아해서, 진주와 함께하고 싶어서 들어왔다는 말은 차마 꺼낼 수 없었다. 막상 들어온 동기를 꾸미려고 하니 말이 잘 풀리지 않았다. 그럴 듯한 말을 속으로 몇 번이나 연습했는데도 막상 꺼내 놓으려니 꽉 막힌 변기처럼 입이 열리지 않았다.

"그러니까, 내가 여기 들어온 이유는……."

어휴, 또 '그러니까'를 내뱉고 말았다. 바보 반장이 늘 입에 달고 지내는 낱말이어서 나도, 애들도 지긋지긋하게 싫어하는데, 내 입에서 자꾸 '그러니까'가 튀어나온다.

"그러니까, 나는 이제까지 책을 좋아하지 않았어. 책이라면 만화책도 싫었어."

애들이 얇게 웃었다. 진주는 유난히 환하게 웃었다. 동아리 모임이 밝게 빛났다.

"요즘 들어 책을 싫어하는 내가 바람직하지 않다는 생각이 들어서 어떻게든 책을 읽어야겠다고 마음먹었는데, 혼자 하려니 잘 안 되더라고. 해도 잘 안 돼서 포기하려고 했는데 진주가……."

진주와 마주봤다. 어색하지 않게 되도록 자연스럽게 봤다. 눈이 마주쳤다. 오직 나만 바라보는 까만 눈동자가 보였다. 깊고 진한 눈빛 안에 내 모습이 가득차 있다고 생각하니 정말 흐뭇했다. 이 순간, 진주 마음엔 오로지 나밖에 없다. 물론 내 안에도 진주밖에 없다. 다른 애들이 다 사라지고 둘만 이렇게 앉아서 마주본다면 얼마나 좋을까?

"진주가 뭐?"

엉뚱한 생각에 빠져드느라 잠깐 말을 멈췄는데, 그게 생각보다 길었나 보다. 정혜가 내 아름다운 환상을 깨뜨렸다.

"진주가, 동아리를 만든다고 했을 때 바로 들어오려고 했어. 그렇지만 나 같은 애가 들어와도 되나 눈치가 보여서 머뭇거리다가 동아리 구성원이 모자란다는 말을 듣고 용기를 내서 들어오게 된 거야."

속으로 연습한 보람이 있었다. 내가 생각해도 제법 그럴 듯한 말이었다.

"이렇게 함께해서 기뻐. 처음엔 동아리를 만들 수 있을지 걱정했고, 동아리 등록을 한 뒤에는 제대로 활동할 수 있을지 걱정했어. 그런데 오늘 너희들을 만나고 보니 내 걱정은 기우였어. 우리 앞으로 잘 해보자."

진주가 말을 하자 다들 힘차게 박수를 쳤다. 물론 나는 어떤 사람보다 세게 박수를 쳤다.

"시험 기간을 빼고 앞으로 일주일에 한 번씩 모임을 할 거야. 우리 동아리 활동에서 핵심은 책이야. 일단 나와 찬기가 의논해서 책 3권을 정했어. 먼저 3권을 해보고 그다음은 서로 읽고 싶은 책을 고른 뒤에 회의에서 결정하면 좋겠어. 혹시 다른 의견 있니?"

다른 의견은 없었다. 다른 의견이 있다 해도 진주와 찬기가 정한 결정을 뒤집을 만큼 논리가 뛰어난 애는 이 자리에, 아니 우리 학교에 없었다.

"선정한 책 3권은 찬기가 소개할 거야."

"우리가 선정한 책 3권은 조지 오웰이 쓴 『1984』, 어니스트 헤밍웨이가 쓴 『노인과 바다』, 메리 셸리가 쓴 『프랑켄슈타인』이야."

찬기가 책을 소개할 때 진주는 책 3권이 적힌 쪽지를 애들에게 나눠 줬다. 쪽지에는 출판사도 적혀 있었다. 나는 쪽지를 받아들고 책 이름을 다시 읽었다. 『1984』는 무슨 게임 이름 같았다. 게임처럼 신나는 이야기면 좋겠다. 『노인과 바다』, 딱 봐도 재미가 없을 책이다. 읽을 수 있을지 벌써부터 걱정이다. 『프랑켄슈타인』은 많이 들어 봤다. 프랑켄슈타인은 괴물이고, 영화로도 몇 번 나왔다. 괴물 이야기라면 그래도 읽을 수 있겠다는 자심감이 들었다.

"처음 읽을 책은 『1984』야. 조지 오웰은 동물농장을 쓴 작가이기도 한데, 『1984』는 개인을 억압하고 다양성을 부정하는 전체주의를 비판하는 책이야."

게임처럼 재미있는 책인 줄 알았는데 아니었다. 전체주의라니, 태어나서 처음 들어 본 말이었다. 개인을 억압하고 다양성을 부정한다는 말은 어렴풋이 그 뜻을 헤아릴 뿐 무슨 말인지 제대로 이해하지 못했다. 『1984』를 읽어 낼 자신감이 급격히 사라졌다.

"내 생각엔 첫 날이니까 다 읽지 말고 반만 읽어 오기로 하자."

정혜가 말했다.

"나는 좋아. 너희들은 어때?"

진주가 그렇다면 따라야 한다.

"그리고 책에서 토론할 만한 주제를 스스로 찾아오는 게 어때? 어떤 책에서 읽었는데 좋은 토론을 하려면 좋은 질문을 해야 한대. 좋은 질문이 좋은 토론을 만든다고 하니까 질문을 미리 뽑아 오자. 좋은 질문을 만들어 온 사람에겐 상점을 주고, 상점을 모아서 나중에 우수 동아리 회원으로 상품도 주면 어떨까?"

나중에 선생님이 되겠다는 정혜다운 제안이었다.

"좋은 질문이 먼저라는 말에 동의해. 뉴턴과 아인슈타인도 좋은 질문을 했기 때문에 멋진 답을 찾아낼 수 있었어."

동수가 말했다. 동수 입에서 과학 이야기가 나오면 끝이 없다. 무엇보다 무슨 말인지 알아듣기가 힘들다. 제발 동수가 뉴턴과 아인슈타인이 무슨 질문을 했고, 어떤 답을 찾았는지 늘어놓지 않기를 바랐다.

"괜찮은 제안이네."

진주가 동수 말을 받았고, 그 바람에 동수는 뉴턴과 아인슈타인 이야기를 더는 하지 못했다. 천만다행이었다.

"『1984』는 총 3부인데, 다음 주 모임까지 일단 1부만 읽어 오자. 그냥 읽어 오기만 하면 토론하기 힘드니 토론하면 좋을 질문을 적어도 2개씩은 뽑아 오는 게 어떨까? 토론할 질문이 아니어도 서로 이야기를 나눌 만한 질문도 좋을 거야. 다들 괜찮지?"

다들 괜찮다고 한다. 물론 나는 안 괜찮다. 책을 읽어 낼 자신이 없었다. 태규가 한 걱정이 맞았다. 내가 과연 『1984』 1부를 다음 주까지 읽을 수 있을까? 다들 읽어 오는데 나만 안 읽어 오면 어떡하지? 걱정과 불안이 즐거움과 흥겨움을 교실 귀퉁이로 밀어냈다.

"앞으로 모임을 어떻게 할지는 다 정했고, 자율동아리 시간은 아직 많이 남았으니 우리 가볍게 토론을 해보면 어떨까?"

진주가 제안을 했고, 나와 현경이를 빼고 다들 찬성했다. 토론이라곤 해본 적이 없었기에 잘할 자신이 없었다. 이래저래 기쁨보다 걱정을 더 많이 안겨 주는 모임이었다.

"혹시 이 자리에서 토론하면 좋을 주제가 있을까?"

진주 말이 끝나자마자 동수가 손을 들었다.

"내가 요즘 고민하는 문제가 있는데, 한번 토론해 보면 좋겠어."

설마 과학이나 수학 문제를 내지는 않겠지?

"어떤 주제야?"

"숫자는 발견일까, 발명일까?"

내가 보기엔 답이 뻔한 질문이었다.

"왜 그런 질문을 하는 거야?"

진주가 부드럽게 되물었다.

"발명은 이제까지 없던 기술이나 물건을 새로 생각해서 만드는 거야. 그 반면에 발견은 있는데 미처 찾아내지 못하거나 알려지지 않은 물건이나 현상, 사실 등을 알아내는 거야. 그러니까 없는 걸 만들면 발명, 있는 걸 찾아내면 발견이지."

처음에는 동수 말이 지루했다. 발명과 발견 뜻을 모르는 사람도 없는데, 잘난 척한다고 여겼기 때문이다. 그렇지만 진주가 진지하게 동수 말을 듣는 모습을 보고 나도 진주가 하듯이 동수 말을 깊이 곱씹어 보니 느낌이 조금 달랐다. 낱말 뜻을 두루뭉술하게 쓸 때는 몰랐는데, 정확하게 그 뜻을 정리하고 나니 내 생각이 더 뚜렷해졌다.

"사람은 숫자를 찾아낸 걸까, 아니면 없는 숫자를 지어낸 걸까? 나도 처음에는 깊이 고민하지 않고 당연히 숫자는 발견이라고 생각했는데, 가만히 곱씹어 보니 꼭 그렇지도 않았어. 그래서 며칠째 고민하는데 답을 못 내리겠는 거야. 너희들 생각은 어때?"

이렇게 쉬운 주제라면 나도 토론할 자신이 생겼다. 이럴 때는 잽싸게 치고 나가서 똑똑한 척하는 장동수 코를 납작하게 해 주어야 한다. 그러면 진주도 나를 달리 보게 된다. 나는 다른 애들이 입을 열 틈도 주지 않고 나섰다.

"뻔하지. 발견이잖아!"

"왜 뻔하다고 생각해?"

동수가 반문했다.

"여기 모여 앉은 우리를 봐. 하나, 둘, 셋, 넷, 다섯, 여섯! 이렇게 여섯 명이잖아. 있는 걸 찾아내면 발견이라며? 그러니 발견이지."

나는 이렇게만 말하면 동수가 입을 닫고 어려운 고민 풀어 줘서 고맙다고 하면서 끝낼 줄 알았다. 물론 순진한 착각이었다.

"얕게 생각하면 그렇지."

얕다는 낱말에 나를 깔보는 감정이 실린 듯해서 기분이 조금 나빠졌다.

"언뜻 생각하면 우리 둘레에 있는 물건 개수를 세는 숫자는 처음부터 있는 듯 보여. 그렇지만 조금만 깊이 생각해 보면 달라. 아주 옛날로 돌아가서 생각해 봐. 아주 옛날 사람이 개와 꽃을 세려고 해. 개는 한 마리, 두 마리, 세 마리라고 세고, 꽃은 한 송이, 두 송이, 세 송이로 세겠지? 그럼 개 한 마리와 꽃 한 송이를 숫자로 쓰면 모두 1이야. 이 계산까지는 자연스러워 보여. 이제부터 문제야. 개 한 마리와 개 한 마리를 더하면 개 두 마리가 되는 거야 어렵지 않겠지만, 개 한 마리에 꽃 한 송이를 더 하면 어떻게 될까? 그때도 2일까? 우리야 숫자 1과 숫자 1을 더했으니 그 종류와 상관없이 답은 2라고 하겠지만, 그 옛날 꽃 한 송이와 개 한 마리를 똑같이 1로 받아들이기는 쉽지 않았을 거야. 그뿐 아니야. 개 한 마리, 개 두 마리를 같은 단위로 세는 것도 따져 보면 이상해. 크기와 종류가 다른 개 두 마리가 있을 때, 서로 다른 두 마리 개를 같은 숫자 1로 받아들이는 것도 자연스럽지 않아. 그래서 숫자는 자연 속에 있는 개념이 아니라 사람이 새롭게 만들어 낸 개념이라고 봐야 해."

동수 말을 듣는데 머리가 하얘졌다. 동수 말을 제대로 이해하기도 어려웠고, 이해한 대목도 반박할 논리를 찾기 어려웠다. 제대로 알지도 못하고 나섰다가 어처구니없이 밀렸다. 아니 비참하게 박살이 났다. 앞으로 찬기나 동수, 정혜 같은 애들과 토론을 하다 보면 이번처럼 숱하게 깨질 텐데, 맨날 토론에서 지기만 하는 나를 진주가 어떻게 생각할지는 뻔했다. 아무래도 나는 이 동아리에 들지 말아야 했다. 살아오면서 가장 바보 같은 짓을 저질렀는지도 모르겠다.

"꼭 그건 아니라고 생각해."

이번에는 정혜가 나섰다. 정혜 말발은 나도 익히 안다. 진주와 가까운 친구라는 점만 봐도 정혜가 얼마나 말을 잘하는지는 어림할 수 있다. 더구나 선생님이 꿈이니 얼마나 말을 잘하겠는가? 이래저래 진주와 사귀기 어렵겠다는 생각만 들었다. 자신감이 뚝뚝 떨어졌다. 이러다 진주를 향한 내 감정은 애달픈 짝사랑으로 끝나고 마는 걸까? 슬프고 비참했다.

"동수 너는 찾아내는 걸 발견이라 하고, 새롭게 만드는 걸 발명이라고 했는데, 내 생각엔 네가 내린 낱말 정의가 틀리지는 않지만 정확하지는 않다고 봐."

역시 선생님이 꿈인 정혜는 남달랐다.

"내가 보기엔 발견과 발명을 나누는 척도는 동물로 삼아야 해."

정혜가 '척도'라는 어려운 말을 썼다. 나는 '척도'가 무슨 뜻인지 모른다. 내가 모르는 낱말을 정혜가 쓰니 머리가 또다시 멍해졌다. '척도'가 무슨 뜻인지 묻고 싶었지만 다들 아는데 나만 모르면 쪽팔렸기에 아는 척하고 묻지 않았다.

"동물들도 한다면 발견이라고 봐야 하고, 동물들이 못 하는 걸 사람이 한다면 발명이라고 해야지. 예를 들어 동물들은 컴퓨터를 만들지 못하지만 사람은 만들어. 그러니 컴퓨터를 만든 건 발명이야."

'척도'라는 낱말을 몰랐지만, 정혜가 친절하게 예시를 들어 주니 정혜가 주장이 무엇인지 알아들었다.

"숫자는 어떨까? 내가 알기로 동물들도 하나, 둘, 셋 정도 숫자는 셀 수 있다고 들었어. 인터넷 동영상에서 내가 본 장면인데, 엄마 오리가 새끼들과 함께 가다가 새끼들이 하수도 구멍에 빠졌어. 사람들이 와서 오리 새끼들을 구했는데 엄마 오리가 새끼들을 다 구할 때까지 기다리는 거야. 대여섯 마리가 나오면 그냥 갈 줄 알았는데 모든 새끼들을 구할 때까지 끝까지 기다렸어. 그건 엄마 오리가 새끼들이 몇 마리인지 알고 있기에 가능해. 이처럼 동물들도 숫자를 자연스럽게 받아들여. 그러니까 숫자는 발명이 아니라 발견이라고 봐야 해."

정혜가 제시한 논리는 깔끔했다. 저렇게 멋진 논리를 쉬운 예시를 들어서 설명하는 재주가 부러웠다. 내가 정혜처럼 말을 잘했다면 진주가 나를 달리 보게 되고, 그럼 진주 마음이 내게로 오기 훨씬 쉬울 텐데, 아쉽고 안타까웠다.

정혜가 멋진 논리를 제시해서 토론은 끝나는 분위기였다. 문제를 처음 제기한 동수도 고개를 끄덕였다. 아무리 뛰어난 토론 능력자가 머리를 싸매고 고민해도 정혜 논리를 반박하기는 불가능해 보였다. 그러나 나는 깜박 잊고 있었다. 우리 학교 최강 말재주꾼, 토론의 여왕 진주가 우리 모임에 있다는 걸!!

"아주 좋은 의견이야. 언뜻 듣기엔 타당해. 그렇지만 정혜 네 논리에는 아주 중대한 결점이 있어."

열 개 눈동자가 모두 진주를 쳐다봤다.

"정혜는 동물들도 한다면 발견, 동물들은 못 하고 사람은 하면 발명이라고 정의를 내렸어. 바로 이 정의가 정확하지 않아."

도대체 정혜가 내린 정의가 왜 정확하지 않다는 걸까? 내 모자란 머리로는 도저히 알 수 없었다.

"네 정의는 사람만 발명을 하고, 동물은 발명을 못한다는 전제가 깔려 있어."

'전제'라니, 그게 무슨 말이지? 그냥 아는 척하고 넘어가려 했지만 궁금증을 누르기 힘들었다.

"전제가 무슨 말이야?"

나는 쪽팔림을 참고 진주에게 물었다.

"이미 그렇다고 치고 그다음 말을 한다는 뜻이야."

다행히 진주는 아주 친절하게 설명해 주었다. 친절한 진주, 말솜씨뿐 아니라 마음씨도 참 곱다. 물론 맵시도 곱다.

"세상엔 수없이 많은 생명이 있고, 동물들 종류도 엄청 많아. 그 가운데 숫자를 아는 동물도 있겠지만, 모르는 동물도 많을 거야. 사람들은 오리를 굉장히 멍청하다고 여기지만 따지고 보면 수많은 동물 가운데 오리는 지능이 꽤나 높은 수준이라고 봐야 해. 지렁이도 동물이야. 지렁이들은 숫자를 셀까? 곤충은 어때? 곤충도 오리처럼 숫자를 셀까? 그보다 더 지능이 떨어지는 동물들은 어떨까? 그러니까 동물이 하는지, 못 하는지를 두고 발명과 발견을 나눌 수 있다는 전제는 옳다고 보기 어려워. 물론 그 전제를 받아들이면 숫자는 당연히 발견이 되겠지만, 그 전제를 받아들이지 않으면 숫자가 발견인지 발명인지는 여전히 불분명한 상태가 돼."

진주 말이 끝나자 정혜 얼굴이 눈에 띄게 일그러졌다.

"그렇다면 너는 어떻게 생각하는데?"

정혜가 대들 듯이 물었다.

"나는 숫자는 발명이라고 봐."

"왜?"

"숫자는 개념이기 때문이지."

"개념?"

"그래 개념!"

"개념이 왜 발명이야?"

"개념은 지능을 갖춘 사람이 만들어 낸 뜻을 담은 말이야. 그러니 개념은 발명이고, 숫자는 개념이야. 결론은 숫자는 발명! 아주 간단한 논리야."

나는 진주가 여러 예시를 들거나, 다양한 근거를 제시하는 방식이 아니라, 아주 간단한 논리 전개 방식을 사용했다.

> 으뜸 전제 : 개념은 사람이 만든 발명이다.
>
> 버금 전제 : 숫자는 개념이다.
>
> 결   론 : 그러니 숫자는 발명이다.

이게 다였다. 나는 진주가 펼친 논리를 골똘히 생각해 봤다. 깊이 생각해 보니 수업 시간에 이와 비슷한 틀을 지닌 논리를 배운 적이 있었다.

으뜸 전제 : 사람은 죽는다.

버금 전제 : 소크라테스는 사람이다.

결   론 : 따라서 소크라테스는 죽는다.

진주는 이 논리를 그대로 써먹었다. 숫자는 발명이라는 결론을 이렇게 불에 민낯을 비추 듯 명쾌하게 정리해 내다니, 역시 진주다웠다. 정혜는 반박을 하려고 애를 썼다. 여러 논리를 써가며 진주가 말한 논리를 깨려고 했지만 진주는 '숫자는 개념 → 개념은 발명 → 숫자는 발명'이라는 단순명쾌한 논리로 정혜가 쏟아 내는 공격을 가볍게 막아 냈다.

진주와 정혜가 토론을 하는데 진주가 정혜를 가볍게 막아 내니 마냥 기분이 좋았다. 그러다 차츰 내가 정혜라면 진주가 말한 논리를 어떻게 반박할지 궁리해 봤다. 막상 반박을 하려고 하니 진주가 말한 논리가 완벽해 보였다. 수십 만 명이나 되는 당나라 군대를 막아 내는 안시성 성벽처럼 단단해 보였다.

그러다 진주가 정혜의 논리를 깨뜨렸을 때를 떠올렸다. 정혜가 처음 논리를 제시했을 때 정혜 논리는 완벽해 보였다. 그렇지만 진주는 아주 간단하게 정혜 논리를 무너뜨렸다. 진주는 정혜가 세운 전제를 공격했다. 정혜는 동물도 한다면 발견, 동물이 못 하면 발명이라는 전제를 세운 뒤, 숫자는 동물도 안다는 근거를 들어서 숫자는 발견이라고 주장했다. 그 주장을 깰 때 동물이 숫자를 아니 모르니 따위를 공격할 수도 있지만 진주는 그러지 않았다. 진주는 정혜가 으뜸 전제로 세운 논리를 공격했고, 으뜸 전제가 깨지자 정혜 논리는 거센 물살에 휩쓸리는 흙더미처럼 무너졌다.

진주의 논리를 공격할 때도 같은 방법을 쓸 수 있지 않을까? 진주가 내세운 으뜸 전제는 뭐였지? 진주는 '개념은 사람이 만든 발명'이라는 '으뜸 전제'를 세웠다. '으뜸 전제'를 받아들이고 나니 '숫자는 개념'이고, 따라서 '숫자는 발명'이란 논리는 공격 불가능한 안시성 성벽이되었다. 만약 진주가 말한 '개념은 발명이란 으뜸 전제'를 받아들이지않으면 어떻게 될까? 당연히 진주가 제시한 논리는 성립하지 않게 된다. 그러니 진주가 제시한 논리를 깨려면 '개념은 발명이란 으뜸 전제'를 공격해야 한다.

진주가 제시한 논리를 깨려면 어느 지점을 공격해야 하는지 알아낸나 자신이 꽤나 뿌듯했다. 그렇지만 어느 지점을 공격해야 하는지는 알아냈지만, 그 지점을 어떻게 공격해야 하는지는 여전히 오리무중이었다. '개념은 발명'이라는 으뜸 전제를 어떻게 하면 무너뜨릴 수 있을까? 그 논리에는 어떤 약점이 있을까? 개념이 모두 발명은 아니며, 사람 생각과 떨어져서 있는 개념을 뒤늦게 찾아냈다는 주장을 하려면 어떤 근거를 내세워야 할까? 아무리 머리를 굴려도 마땅한 공격 무기를 찾아내지는 못했다.

정혜도 마찬가지였다. 정혜는 끈기 있게 진주가 제시한 논리를 깨려고 했지만 모두 실패했고, 마침내 입을 다물었다. 그러더니 팔짱을 끼고 다리를 꼰 채 입술을 지그시 깨물었다. 꽤나 억울해 보였다. 서먹한기운이 돌았고, 다들 그런 분위기를 눈치챘다.

"자, 자!"

찬기가 어색한 분위기를 바꿨다.

"첫 모임 답지 않게 열띤 토론까지 했네. 아주 재미있었어. 오늘은 첫 모임이니 이쯤에서 끝내는 게 어때?"

"그래, 시간도 거의 다 됐네."

동수가 맞장구를 쳤다.

다른 애들도 그러자고 했다.

"고전은 인류에게 남겨진 위대한 유산이라는 말이 있어. 다 같이 위대한 유산을 마음껏 누려 보자. 다들 동아리 모임에 함께 해 줘서 고마워."

진주의 말을 마지막으로 박수와 함께 모임이 끝났다. 모임을 마친 뒤 정반대인 감정이 한꺼번에 일어나는 바람에 몹시 혼란스러웠다. 진주와 함께하는 시간은 그 어떤 상황에서도 기뻤다. 진주를 보고, 진주 말을 듣고, 진주와 눈빛을 마주하는 시간은 나를 끝없이 행복하게 했다. 그렇지만 책을 읽어야 하고, 더구나 『1984』란 어려운 책을 읽어야 하고, 더더구나 그 어려운 책을 읽고 질문을 만들어야 하고, 그 질문으로 토론을 해야 하고, 토론을 할 때 벽에 던져진 유리잔처럼 깨지는 일은 겪지 말아야 한다고 생각하니 걱정이 산더미였다. 꼭 해야 하는 과제를 잔뜩 짊어진 탓에 진주와 함께했다는 기쁨을 마냥 누릴 수도 없었다.

모임이 끝나자마자 나는 곧바로 학교 도서관으로 갔다. 중학교에 들어온 뒤 처음으로 도서관에서 책을 빌렸다. 그것도 『1984』란 고전을! 도서관 사서 선생님이 토끼눈을 뜨고 나를 구경했다. 동물원 원숭

토론의 여왕과 사춘기 로맨스

이라도 된 기분이 들었지만 꾹 참고 책을 빌렸다. 책은 빌렸지만 마음은 무겁기만 했다. 두꺼운 책, 헤아릴 수 없이 많은 글자 수에 저절로 한숨 이 나왔다.

"야, 너 이 책을 정말 읽을 거야?"

두꺼운 『1984』 책을 보고 태규가 놀라서 물었다.

"어쩌겠어, 읽어야지."

"읽을 수는 있고?"

"읽으면 되지 뭐."

"퍽이나!"

나는 더는 대꾸를 안 했다. 터놓고 말해서 나도 자신이 없었다. 그렇다고 태규에게 자신 없다고 말할 수는 없었다.

"아무리 사랑에 눈이 멀어도 그렇지, 할 수 있는 일이 있고, 할 수 없는 일이 있어. 너 잘 생각해라!"

"도와주진 못할 망정, 그만해라!"

나는 버럭 짜증을 냈다.

"아이구, 짜식이! 짜증내긴……. 어디 잘 해봐."

태규는 내 어깨를 툭 치고 가 버렸다.

학교를 마치고 집에 오자마자 『1984』를 읽고 싶었지만 그럴 시간이 없었다. 학원 숙제가 밀려서 바쁘게 숙제를 하고, 저녁도 먹는 둥 마는 둥 하고 부리나케 학원에 갔다. 학원에 다녀온 뒤에 집에 오니 저녁 9시 가 넘었다. 씻고 내일까지 해야 할 학원 숙제를 힘들게 끝마쳤다. 저녁을 제대로 못 먹어서 배가 고팠다. 냉장고를 뒤져서 먹을거리를 찾아낸 뒤에 식탁에 앉았다. 가볍게 먹으면서 『1984』 첫 쪽을 열었다. 글씨는 작고 많았다. 몇 문장 읽기도 힘들었다. 그래도 꾹 참고 읽었다.

"어쭈, 너 뭐 하냐?"

누나였다.

"네가 책을 읽어? 오늘 해가 서쪽에서 떴나?"

나는 누나는 쳐다보지도 않고 책을 읽었다. 꾹 참고 읽은 끝에 마침 내 어렵게 첫 쪽을 넘겼다.

그때 갑자기 누나가 책을 홱 잡아챘다.

"뭐야? 왜 그래?"

"헐, 1984? 이 어려운 책을 네가 읽는단 말이야?"

누나 말투에서 비웃음이 묻어났다.

"됐거든."

나는 누나 손에 들린 책을 뺏어서 2쪽을 폈다. 까만 글씨들에 눈을 억지로 모으고 문장 하나하나를 꼭꼭 씹어 내려갔다. 누나는 가만히 옆에 서 있었다. 그러거나 말거나 나는 글을 읽는 데 온 힘을 썼다. 한 문장 한 문장 읽기가 정말 힘들었다. 그때서야 나는 알았다. 나는 책을 안 읽는다고 생각했는데, 알고 보니 못 읽었다. 어릴 때는 제법 책을 잘 읽었다. 어느 때부터 책을 멀리했지만 내가 다시 책을 읽으려고만 하면 아무 때라도 책을 읽을 수 있으리라 믿었다. 그런데 아니었다. 온 힘을 쏟아도 몇 문장 읽어 내기가 쉽지 않았다.

"너, 사춘기지?"

토혼의 여왕과 사춘기 로맨스

뜬금없는 말이었다.

나는 대꾸하지 않았다.

"멋진 척하려고 이런 책 읽는 거지?"

이런 말에 괜히 대꾸해 봐야 좋은 일 안 생긴다. 나는 아무 말 없이 책을 읽었다. 드디어 3쪽에 다다랐다. 벌써 3쪽이다. 이렇게만 하면 시간은 걸리겠지만 읽을 수 있겠다는 자신감이 조금은 생겼다.

"어쭈! 누님이 말씀하시는데 그냥 모른 척하는 거야?"

역시 트집쟁이 전문가답다.

조금만 더 이대로 있다간 책을 못 읽을 뿐 아니라 누나에게 된통 당해한다. 나는 책을 덮고 남은 먹을거리를 다급하게 입에 쑤셔 넣은 뒤 자리에서 일어섰다. 자리를 뜨려는데 누나가 내 팔뚝을 잡았다.

"야!"

누나가 소리를 질렀다.

"무슨 일이니?"

엄마였다.

앞서도 말했지만 엄마는 나와 누나가 아무리 다퉈도 그냥 내버려둔다. 가끔 다툼에 끼어드는 경우도 보통은 둘이 큰 싸움을 벌일 때다. 웬만해선 끼어들지 않던 엄마가 다툼이 막 생기려는 순간에 끼어들었다. 뜻밖이었고, 다행이었다.

"얘가 되지도 않게 이런 책을 읽잖아!"

누나는 내가 든 책을 확 잡아채서 엄마에게 보여 주었다.

"그게 어때서?"

엄마가 물었다.

"멋지게 보이려고 하는 짓이잖아! 사춘기가 오면 곱게 와야지, 이딴 겉멋 부리는 짓을 왜 하냐고?"

누나는 나를 째려보며 엄마가 제 뜻을 따라 주길 바라는 눈치였다.

"이유가 뭐가 됐든 책을 읽으니 보기 좋네. 겉멋으로 읽더라도 그런 고전을 읽으면 괜찮아. 동생이 모처럼 책 읽는다는데 방해하지 말고 내버려둬."

나는 엄마 말에 눈이 휘둥그레졌다. 엄마가 이렇게 단호하게 누나 행동을 저지한 적은 단 한 번도 없었기 때문이다. 엄마가 내 편을 드니 누나도 더는 어쩌지 못했다. 나는 누나 손에 든 책을 낚아챈 뒤 누나에게 혀를 길게 내밀고는 내방으로 들어가 버렸다.

"어휴, 저게 그냥!"

누나는 나를 어쩌지 못해 짜증이 난 모양이지만, 나는 더할 나위 없이 기뻤다.

내 방으로 들어와서 의자에 앉았다. 흐뭇한 마음으로 『1984』 3쪽을 폈다. 누나 트집을 뿌리치고 읽으니 책장이 저절로 넘어갔다. 4쪽을 읽고, 5쪽을 넘겼다. 6쪽을 펴는데 점점 힘들었다. 눈꺼풀이 점점 내려왔다. 글을 읽기는 읽는데 머리에 남는 말은 하나도 없었다. 멍하니 읽다가 깜박 잠이 들었다. 조금 뒤 깜짝 놀라 눈을 뜨고 다시 글을 읽었다. 몇 분도 되지 않아 또다시 눈이 감겼다. 또 잠들었다가 놀라서 깼다. 그러기를 몇 번이나 거듭했다.

이러면 안 된다. 진주를 생각하자! 진주를 떠올리니 집중력이 되살아났다. 그러나 되살아난 집중력은 한 쪽을 채 넘어가지 못했다. 또다시 졸렸다. 참을 수 없는 졸음이었다.

'휴, 이건 사람이 읽을 책이 못 돼!'

책을 덮고 침대에 누웠다.

진주가 한 말이 떠올랐다.

'고전은 인류에게 남겨진 위대한 유산이다'

진주가 한 말은 다 맞지만 이 말만은 틀렸다. 고전은 인류에게 남겨진 위대한 유산이 아니라, 위대한……수면제였다. 아주 효과가 뛰어난…… 수면제!

그날 언제 잠이 들었는지도 모르게 잠이 들었다.

토요일 내내 틈만 나면 책을 집어 들었다. 힘들고 어렵게 책을 읽었다. 태규와 게임하기로 한 약속도 취소했다. 물론 태규에게 또다시 이상한 놈이라는 소리를 들어야 했다. 태규는 진주가 나를 버려 놓았다고 안타까워했다. 일요일에도 책과 씨름을 했다. 물론 책보다 잠과 씨름을 했다는 표현이 더 맞을지도 모르겠다. 그럼에도 1부를 다 읽어 내지 못했다.

월요일에도, 화요일에도, 학원에서도, 집에서도 짬이 나면 책을 집어 들었다. 엄마도, 친구들도, 학원 선생님도 다들 나를 이상하게 여겼다. 그러거나 말거나 나는 오로지 『1984』만 붙잡고 읽었다. 책을 읽는데 졸음도 걸림돌이었지만, 기억력도 큰 장벽이었다. 부지런히 읽는데, 읽고 나면 앞 내용이 생각이 안 났다. 한참 읽다가 앞에 무슨 내용이 나왔는지 생각나지 않아서 앞으로 되돌아가 다시 읽기도 했다.

어려운 낱말도 큰 장애물이었다. 툭 하면 튀어나오는 어려운 낱말들이 곳곳에서 책읽기를 방해했다. 처음에는 몇 번 낱말 뜻을 찾아보기도 했지만, 일일이 찾으면서 읽으니 시간이 지나치게 많이 걸려서 모르는 낱말이 나와도 그러려니 하고 읽었다. 그러다 보니 책 내용이 더 이해가 안 됐다. 그럼에도 나는 무작정 읽었다. 어떻게든 1부를 다 읽겠다는 신념으로 책과 씨름했다.

읽는 내내 힘들었지만 기분 좋은 일도 있었다. 쉬는 시간에 『1984』 책을 읽고 있는데 진주가 다가왔다.

"재밌지?"

진주가 맑게 웃으며 상냥하게 웃어 주니 참 행복했다.

"응, 꽤 재밌네."

물론 재미없고, 나는 너와 이야기 나누는 게 100만 배 더 재미있다고 말하고 싶었지만, 그러지는 않았다. 그 대신에 이렇게 재미난 책을 왜 이제까지 읽지 않았는지 모르겠다는 투로 말했다.

"나는 사임이 신어에 관해 말할 때가 가장 인상 깊었는데……."

이런! 사임은 뭐고, 신어는 또 뭐지? 읽은 듯하기도 하고, 안 읽은 듯하기도 했다. 그렇다고 내가 모른다고 하면 쪽팔린다. 나는 온 힘을 쥐어짜서 암흑 속에 묻힌 책 내용을 끄집어냈다.

"나는 윈스턴이 그 재미없는 일기 쓰기를 목숨걸고 하는 장면이 가장 인상 깊었어."

기특하다, 배윤호! 책 내용을 기억해 냈어.

"그래? 거기가 왜?"

당연히 그렇게 물어 줘야지.

"나는 초등학교 때 목숨걸고 일기를 안 쓰려고 했거든."

"풋!"

진주는 손으로 입을 가리고 웃었다.

내가 진주를 웃겼다. 물론 늘 웃음 띤 얼굴이지만, 내가 진주를 즐겁게 했다니 무척 뿌듯했다.

"재미있게 읽는데, 내가 방해했네. 잘 읽어."

아니야! 나는 책보다 너랑 더 있고 싶은데…….

진주는 진한 아쉬움과 향기만 남기고 제자리로 돌아갔다. 잠깐이었지만 진주와 이야기를 나누니 꿈만 같았다. 내 계획은 성공이었다. 진주가 만드는 동아리에 들어가면 진주와 가까워질 수 있으리란 예상이 들어맞았다. 애들도 내가 진주와 같은 동아리인지 알기 때문에 진주와 내가 어울려도 자연스럽게 받아들였다.

"오! 아까 진주와 이야기할 때 아주 입이 찢어지더라!"

나중에 태규가 심술궂게 놀렸지만 나는 아무렇지 않았다. 그런 놀림 따위로는 내 기쁨에 손톱만한 흠집도 내지 못한다.

"그러다 애들한테 들킨다!"

이건 다르다.

"정말? 내가 그렇게 티를 팍팍 냈냐?"

"말도 마라!"

"들켰을까?"

"아직은! 그래도 오늘처럼 하다간 아무리 둔한 애도 곧 알아차리겠더라."

"설마!"

"설마가 사람 잡는다! 오늘 너는 진주를 짝사랑한다고 소문내려고 마음먹은 듯 보였어."

"큰일이네!"

"적당히 해라. 애들한테 들키면 여러모로 곤란하잖아."

맞는 말이다. 내가 진주 마음을 얻고 난 뒤에 드러나면 괜찮지만 아직 진주한테 내 마음도 못 전했는데 다른 애들한테 들통이 나면 안 된다. 고백은 직접 해야 한다. 다른 사람 건너, 건너서 귀에 들어가면 될 사랑도 깨진다. 아무래도 애들 앞에서 더 두꺼운 가면을 써야겠다. 그렇지만 그게 될까? 진주만 보면 진주에게 푹 빠져 버리는데, 잘 가릴 수 있을까?

아무튼 나는 동아리 모임이 열리는 날을 하루 앞두고 마침내 『1984』 1부를 다 읽었다. 책 내용이 모두 기억나지는 않지만, 기억나는 내용도 꽤 됐다. 읽어도 무슨 말인지 모를 곳도 많았지만, 나름 재미난 대목도 있었다. 물론 지루함이 10이라면 재미는 1도 안 된다. 어쨌거나 다 읽었다. 웬만한 애들은 쳐다보지도 않을 책을 꿋꿋하게 참고 약속한 날짜가 되기 전에 다 읽어 낸 내가 자랑스러웠다. 속이 꽉 찬 느낌이 들어 뿌듯함이 차올랐다.

그러나 자랑스러움과 뿌듯함은 몇 분을 가지 못했다. 왜냐하면 바로 '질문' 때문이다. 동아리 모임 과제는 1부 읽기와 질문 찾아오기다. 함께 토론할 만한 질문을 만들어 가야 하는데, 어떻게 해야 할지 막막했다. 더구나 그냥 질문도 아니고 토론을 할 만한 질문을 만들어야 하니, 나에게는 불가능한 과제였다. 머리가 아팠다. 백두산을 올랐더니 히말라야 산맥이 딱 버티고 선 꼴이었다. 그렇다고 그만둘 수는 없었다. 내 앞에 버티고 선 장벽이 히말라야라 하더라도 나는 넘어야 한다. 진주와 즐겁게 만나려면 나는 히말라야를 넘어야 한다.

05
취향존중 VS 상호배려

책을 보는데 잠이 안 왔다. 책만 잡으면 졸음신이 눈꺼풀을 짓눌러 괴로워하던 내게 기적이라도 일어난 걸까? 물론 한밤중에 눈에 불을 켜고 책과 씨름하는 나를 보면 나를 조금이라도 아는 이들은 기적이라 부를지도 모르겠다. 그러나 이건 기적이 아니었다. 빨리 끝내고 싶지만 끝낼 수 없고, 벗어나고자 발버둥치지만 벗어날 수 없는 지독한 시련이었다. 빨리 질문을 찾아낸 뒤에 자고 싶었지만 도저히 질문을 찾아낼 수 없었다. 물론 궁금증이 전혀 없지는 않았다. 몇 가지 질문을 어렵게 찾아냈다. 예를 들면 앞으로 주인공인 윈스턴은 어떻게 될까? 정말 현실에서 텔레스크린과 같은 감시카메라가 집집마다, 거리마다, 학교마다 설치돼서 우리를 감시한다면 어떨까? 역사는 꼭 배워야 할까? 잠깐은 나름 괜찮은 질문인 듯 보였지만, 조금만 따져 봐도 토론에 어울리는 질문은 아니었다.

주인공 윈스턴이 어찌될지는 2·3부를 읽어보면 안다. 어쩌면 이미 읽은 애들이 있을지도 모른다. 답이 정해진 질문이었다. 감시카메라가 곳곳에 설치되었을 때 어떨지는 첫 질문보다는 나았다. 그렇지만 답은 뻔했다. 내 방, 거실, 현관, 교실, 화장실 따위에 모조리 감시 카메라가 있다면 그런 삶은 끔찍하다. 생각해 보나 마나다. 역사에 관한 질문도 다를 바 없었다. 나야 역사를 배우기 싫어하지만, 물론 역사뿐 아니라 다른 과목도 싫지만, 토론을 하면 답은 뻔하다. 그 어떤 애가 역사를 배우지 말자는 주장을 하겠는가? 나조차 토론에 들어가면 '싫다'는 말 빼고는 역사 공부를 반대할 그럴 듯한 논리가 떠오르지 않아서 역사를 배워야 한다고 말할 수밖에 없다.

아무리 머리를 굴려도 질문을 찾아낼 수 없었다. 인터넷을 써먹고 싶은 마음이 굴뚝같았지만 꾹 참았다. 그런 꼼수를 쓰고 싶지는 않았다. 만약 진주가 없는 모임이라면 그렇게 했겠지만, 진주가 있는 모임에 꼼수로 대충 질문을 만들어 가고 싶지는 않았다. 내 참 모습을 진주에게 보여 주고 싶었고, 부지런히 준비해서 진주를 떳떳하게 대하고 싶었다.

책 곳곳을 다시 읽고 또 읽었다. 처음부터 끝까지 다시 볼 수는 없었기에 질문이 보일 만한 곳을 골라서 다시 살폈다. 아무리 애를 써도 질문을 만들어 낼 수 없었다. 갑갑했다. 책을 덮었다. 시계를 봤다. 새벽 2시다. 침대에 벌러덩 누웠다. 새벽 2시라니, 시험 기간에도 이 시간에 깨어 있은 적이 없었다. (이건 비밀인데, 게임을 하다가 새벽 2시까지 안 잔 적은 몇 번 있다.) 끔찍하게 싫어하는 책을 붙잡고, 더구나 책에서 토론할 질문을 찾아내려고 미친 듯이 파고들다니……, 아무리 봐도 기적은 기적이다. 태

95

규가 이런 내 모습을 알면 이러지 않을까?

"아, 사랑은 게임만큼⑩ 거룩하여라!"

천장에 1과 9와 8과 4가 빙글빙글 돌며 움직이고, 숫자들 사이로 윈스턴과 빅브라더가 나를 비웃으며 나타났다 사라지기를 거듭했다.

"돌아버리겠네, 정말!"

그만두고 싶었다. 해봐야 안 되는 일은 빨리 그만 두는 게 낫다. 어, 정말 그럴까? 해봐야 안 되는 일은 빨리 그만두는 게 더 나은 선택일까? 다들 끝까지 노력하라고 하잖아? 노력은 배신하지 않는다고도 하고. 그럼 그만두지 않고 해야 하지 않나? 그렇다고 뻔히 안 되는 일을 붙잡아 봐야 결국 실패할 텐데, 뭐 때문에 계속 도전해야 하지? 처절하게 패배하려고? 그나저나 나는 또 왜 이런 쓸데없는 문제로 고민할까? 나는 마음 편히 하고 싶으면 하고, 하기 싫으면 안 하며 지내 왔는데, 별것도 아닌 문제도 그게 맞는지 안 맞는지 따지고 있다. 이게 다 진주 때문이다. 진주가 내 마음을 훔쳐가지만 않았어도 이런 일은 일어나지 않았다. 진주는 도둑이다. 아주 못된, 아니 아주 사랑스런(♡) 도둑이다.

눈을 감았다. 자고 싶었다. 해봐야 안 되는 일, 그만두고 싶었다. 잠이 안 왔다. 그쯤에서 그만둘 수도 있었지만, 그럴 수가 없었다. 묘한 고집이었다. 눈을 떴다. 한참 머리를 굴렸다. 『1984』 내용을 떠올렸지만 도무지 토론에 알맞는 질문은 떠오르지 않았다. 해봐야 안 된다. 그만두는 게 낫다. 눈을 다시 감았다. 진주 얼굴이 떠올랐다. 나를 향해 빙그레 웃는 진주가 예쁘고, 사랑스럽다. 진주가 내 상상 속에서가 아니라 진짜로 나타나면 얼마나 좋을까? 내 바로 옆에 진주가 있다면, 내 머릿속

상상이 현실이 된다면 얼마나 좋을까? 진짜라면, 진짜(!)라~~~면!

눈을 번뜩 떴다. 『1984』에서 나온 한 인물이 떠올랐기 때문이다. 그 사람은 바로 주인공 윈스턴이 만들어 낸 가짜(!) 인물 '오길비'다. 나는 벌떡 일어나 다시 『1984』 책을 뒤져 오길비를 찾았다. 1부 4장 끝에 윈스턴이 단 한 번도 존재한 적 없던 오길비를, 영웅으로 살다 죽은 오길비로 만들어 내는 장면이 나왔다. 그 대목을 꼼꼼하게 읽었다. 오길비를 지어내는 대목은 이렇게 끝났다.

> 오길비는 결코 존재한 적이 없었으나 이제 오길비는 과거에 존재하게 되었다. 오길비 이야기가 다 꾸며졌다는 사실만 잊히면 오길비는 샤를마뉴 대제나 율리우스 카이사르처럼 증거가 뚜렷하게 남은 역사 속 인물이 될 것이다. - 『1984』(조지 오웰)

오길비는 가짜(!)다. 그러나 윈스턴은 마치 진짜 살았던 사람처럼 꾸민다. 증거도 만든다. 윈스턴 말처럼 '꾸며졌다는 사실이 잊히면' 윈스턴이 만들어 낸 오길비는 진짜로 있었던 샤를마뉴 대제나 율리우스 카이사르와 똑같이 역사 속 인물이 될까? 샤를마뉴가 어떤 사람인지는 전혀 모르지만 카이사르는 조금 안다. 어릴 때 읽었던 로마 이야기에 나온 인물이다. 로마 영토를 엄청나게 넓힌 장군이었고, 나중에 로마에서 권력을 잡았다가 살해당한 사람이다. 그런 카이사르와 오길비가 역사 속에서는 정말 똑같이 존재하는 사람이 되는 걸까?

"유레카!"

아르키메데스가 목욕탕에서 왕관 부피를 재는 방법을 찾아내고 알몸으로 뛰어다니며 이 말을 외쳤다는데 나도 그러고 싶었다. 새벽 2시만 아니었다면 거실로 뛰어나가서라도 '유레카!'를 외쳤을 것이다. 물론 알몸으로는…… 아니다.

'역사를 배워야 할까?' 하는 질문을 떠올렸던 까닭을 그때서야 알아차렸다. 바로 이 대목 때문이었다. 과연 역사 조작은 빅브라더가 지배하는 오세아니아 제국에서만 일어나는 걸까? 혹시 우리가 배우는 역사도 조작되지는 않았을까? 조작된 역사라면, 그럴 가능성이 많은 역사라면, 우리는 왜 역사를 배워야 할까? 바로 이런 생각을 나도 모르게 했던 것이다. 오! 이런, 그러고 보니 나는 이미 알맞은 질문을 찾아냈는데도 모르고 있었다. 새벽이 아니라면 창문이라도 열고 소리라도 지르고 싶었다.

'이~ 야야야야~~ 호!!!'

나는 발을 구르고 손으로 침대를 치며 기쁨을 만끽했다. 잘난 척하는 태규를 게임으로 발라 버렸을 때보다 더 기뻤다. 맛있는 저녁을 배부르게 먹었을 때보다 더욱 기뻤다. 어쩌다 재수 좋게 시험 점수가 백점이 나왔을 때보다 더더욱 기뻤다.

나는 얼른 종이를 꺼내 질문을 적었다.

질문1) 오길비 이야기가 다 꾸며졌다는 사실만 잊히면,
오길비도 카이사르와 똑같은 역사 속 인물이 될 수 있을까?

질문2) 실제 역사도 조작은 어느 정도 이루어질 텐데,

토론의 여왕과 사춘기 로맨스

과연 그런 역사를 우리가 배워야 할까?

종이에 적은 질문을 읽고 또 읽었다. 가슴이 설렜다. 멋진 질문을 찾아낸 내가 자랑스러웠다. 『1984』 책을 집어 들었다. 질문을 찾으려고 씨름을 했기 때문인지 모르지만 이 어렵고 지루한 책이 나름 괜찮게 다가왔다. 물론 아직도 무슨 말인지 모를 내용이 수두룩하고, 다시 읽으라고 하면 여전히 또 졸리겠지만, 그때만큼은 『1984』가 참 친근하게 다가왔다.

가슴이 뛰어서 잠도 잘 안 왔다. 동아리 모임에서 내가 찾아낸 질문으로 토론이 이루어지는 모습을 상상하고 또 상상했다. 아마, 진주도 이런 놀라운 질문을 찾아낸 나를 다르게 보겠지? 그럼 진주와 가까워지고, 그러다…… 흐흐흐♡.♡!

교문에서 만난 태규는 내 얼굴을 보자마자 놀랐다.

"어이구, 아예 입이 찢어져서 귀랑 붙겠네, 붙겠어!"

태규가 놀리거나 말거나 나는 희희낙락이었다.

"야, 진주와 동아리 모임 하는 게 그렇게 좋냐?"

"크크크! 모르면 말을 마. 이 형님이 오늘 무지 행복하니까."

나는 태규에게 멋진 질문을 찾아내서 기쁘단 말을 하진 않았다. 태규는 내가 단지 모임 때문에 기쁜 줄 알았고, 들키지 말라고만 했다. 나도 들키고 싶진 않다. 그러나 어쩔 수 없이 들킨다면 그 상황조차 기꺼이 맞이할 각오였다. 그렇다고 대놓고 드러낼 생각은 없었다.

나는 동아리 모임이 열리는 바로 그때까지 설레고 즐거웠다. 모임을 열고 10분까지도 내 기대만큼, 아니 기대보다 아주 좋았다. 진주뿐 아니라 다른 애들도 나를 놀라워했다. 내가 찾아낸 질문이 가장 멋졌고, 으뜸 토론 주제로 뽑히기까지 했으니 그럴 만도 했다. 마냥 행복했다. 그러나 딱 그때까지였다.

나는 하나만 알고 둘은 몰랐다. 토론 주제는 잘 뽑았다. 그러나 막상 토론에 들어가니 할 말이 없었다. 토론에 들어가서야 내가 무엇을 소홀히 했는지 알아차렸다. 질문만 멋지게 만들어 놓고 그 질문에 어떤 답을 할지는 조금도 생각하지 않았다. 질문을 만들기는 했으나 나조차 오길비와 카이사르가 같은지, 다른지 헷갈렸다. 같으면 왜 같고, 다르면 왜 같은지 논리를 생각해 두어야 했는데 그냥 헷갈린다는 생각만 하고 딱히 논리를 준비하지 않았다.

내가 찾아낸 멋진 질문은 토론을 활발하게 만들었지만, 토론이 벌어지는 내내 나는 철저히 구경꾼이었다. 토론에서 찬기는 날아다녔고, 찬기를 보는 진주 눈빛은 애틋하기 그지없었다. 재주는 곰이 부리고 돈은 주인이 번다고 하더니, 내가 딱 재주만 부린 곰이었다. 차라리 질문을 만들어 오지 말 걸 그랬다. 얼토당토않은 질문을 만들어 오는 애도 있었고, 아예 질문을 찾아내지 못한 애도 있었는데 말이다. 괜히 멋진 질문을 만들어서 찬기만 좋고 말았다. 나는 이몽룡이 아니라 방자였단 말인가? 이몽룡인 찬기와 춘향이인 진주가 맺어질 때 바람잡이 노릇을 한 방자가 나란 말인가? 서글프고 서러웠다.

딱 한 번 끼어들기는 했다. 끼어들면 나도 이몽룡이 될 줄 알았다. 물론 착각이었다. 그냥 멋진 질문을 찾아온 사람으로 만족하고 뒤로 물러서는 게 나았다. 괜히 끼어들었다가 그나마 벌어 놓은 본전마저 다 잃었다. 그것도 찬기에게!!! 아, 역시 난 방자란 말인가?

그러니까ー나도 바보 반장처럼 바보가 되어 가는 걸까? 나도 모르게 자꾸 '그러니까'가 나온다. ㅠ.ㅠ;ー첫 토론은 정혜와 찬기 사이에서 벌어졌고, 찬기와 다른 애들 토론으로 이어지다, 내가 용감하게 끼어들었지만, 깨지고 마는 식으로 전개되었다. 출발은 정혜였다.

정혜   오길비는 윈스턴이 꾸며서 만들어 낸 사람이고, 카이사르는 로마 역사에 진짜로 있었던 사람이니 오길비와 카이사르는 당연히 달라. 오길비는 진짜 산 사람이 아니라 윈스턴이 오세아니아 제국 입맛에 맞게 지어낸 사람이야. 그래서 실체는 없고 의미만 남은 껍데기일 뿐이야.

찬기   오길비가 의미만 남은 인물이라고 했는데, 카이사르도 따지고 보면 우리가 그 의미를 중심으로 기억하는 거잖아? 우리가 카이사르를 떠올릴 때 그 사람이 밥 먹고, 잠 자고, 놀았던 모습을 기억하는 게 아니라, 역사에 남긴 어떤 의미를 중심으로 기억해. 그러니까 역사는 모든 사건이 아니라 중요한 의미를 간직한 사건만 기록하고 전하는 거야. 그런 점에서 오길비와 카이사르는 같지.

찬기도 '그러니까'를 썼다. 그렇지만 바보 반장이나 나와 달리 더 멋져 보였다.

정혜　그렇다고 해도 오길비가 살았다는 증거는 꾸민 거잖아. 카이사
르가 살면서 남긴 흔적은 진짜고. 오길비가 남긴 증거는 가짜
니까 진짜와 가짜가 같을 수는 없어.

찬기　질문을 다시 잘 봐! '오길비 이야기가 다 꾸며졌다는 사실만 잊
히면'이란 전제가 달렸어. 가짜로 만들었다는 사실이 잊히면,
카이사르와 오길비가 도대체 뭐가 다르지?

찬기 말이 끝나자 정혜는 딱히 반박하지 못하고 입을 다물었다. 나를
비롯한 다른 애들도 반박하지 않았다. 그대로 토론이 끝날 듯했다. 나는
그때까지도 어느 쪽이라고 마음을 정하지 못해서 어떻게 말해야 할지
헤매고 있었다. 그때 진주가 끼어들었다. 진주가 찬기와 멋지게 토론을
벌이려고 끼어드는 줄 알았는데, 알고 보니 토론이 끝나지 못하게 막으
려고 나선 것이었다.

진주　조작이 잊히면 똑같다고 했는데 내가 보기엔 조작이 잊혀도 똑
같지 않은 면이 있어. 카이사르는 정말 살던 사람이기 때문
에 여러 흔적을 남겼고, 그 흔적은 역사가들이 보기에 좋은 면
도 있지만, 나쁜 면도 있어. 그래서 카이사르는 다양한 해석이
가능해. 그 반면에 오길비는 역사가들이 보기에 오직 좋은 면
뿐이라 나쁜 평가를 할 여지가 전혀 없어. 그런 인물을 역사가

들이 보면 그냥 소설 속 등장인물처럼 지어낸 인물이라 판단하지 않을까? 풍성한 삶이 없는 오길비와 다양한 삶이 있는 카이사르가 같을 수는 없다고 생각하는데…….

역시 진주였다. 아무도 반박할 논리를 찾아내지 못했을 때도, 상대가 완벽한 논리를 펼쳤을 때도, 진주는 반박할 논리를 찾아낸다. 이렇게 뛰어난 진주가 내 여자 친구라면 얼마나 좋을까? 감히 아무도 나에게 대들지 못할 것이다. 특히 막무가내로 나를 괴롭히는 누나도 코가 납작해져서 꼼짝 못 할 것이다. 진주야, 내 사랑이 되어 줘!

진주 말을 듣고 찬기는 이마를 찡그렸다. 다른 논리를 찾아내지 못하고 막힌 모양이었다. 나는 잘난 척하는 찬기가 진주에게 깨지니 기분이 아주 좋았다. 그때 뜻밖에 토론자가 나타나 상황을 바꾸었다. 바로 현경이었다.

현경   그건 오세아니아 제국 안에서, 빅브라더가 통치하는 상황에서만 맞는 말이 아닐까?

진주   무슨 뜻이야?

현경   만약 오세아니아 제국이 무너지고 그 후대에 역사가들이 오길비를 접한다고 생각해 봐. 그럼 그때 역사가들은 오길비를 독재자에게 아무 생각 없이 충성만 하다 소중한 목숨을 잃은 어리석은 사람이라고 평가할 수도 있어. 물론 그때에도 충성심을 높이 사는 역사가도 있겠지만, 어쨌든 다양한 평가가 생길 거

103

야. 그때가 되면 오길비도 카이사르와 똑같아져.

찬기   현경이 말이 맞네.

찬기가 '현경이 말이 맞네' 하고 말할 때, 살짝 달아오르는 현경이 볼을 나는 놓치지 않았다. 아무도 눈치채지 못했지만 나는 알아차렸다. 그러고 보니 찬기를 보는 현경이 눈빛이 남달랐다. 현경이는 안 보는 척하면서도 끊임없이 찬기를 봤다. 돼지 눈에는 돼지만 보이고, 부처 눈에는 부처만 보인다는 말처럼 사랑에 빠진 사람 눈에는 사랑에 빠진 사람이 보이기 마련이다. 나도 진주를 안 보는 척하면서 끊임없이 살피기에 현경이가 하는 몸짓이 무엇을 뜻하는지 알아챘다.

현경이는 찬기를 좋아한다. 나처럼 짝사랑이다. 물론 찬기를 좋아하는 여자애들이야 널리고 널렸다. 현경이처럼 새침한 모범생까지 찬기를 좋아하다니, 속이 쓰라렸다. 아무래도 현경이도 나와 같은 이유로 동아리에 든 모양이었다.

찬기   생각해 보니 역사책에 나오는 옛날 왕들이나 장군, 위인들 업적도 어차피 어느 정도는 다 꾸며진 거 아냐? 그 정도가 다를 뿐 어차피 업적이 꾸며졌다면 오길비와 카이사르를 딱히 다르다고 볼 까닭이 없지.

정혜   아니 그렇지 않아! 역사는 역사를 낳고, 그다음 역사에 이어져. 카이사르가 갈릴리 지방을 점령했고, 그다음…….

그때 갑자기 동수가 끼어들었다.

"저기, 미안한데, 나는 카이사르가 어떤 사람인지 모르거든. 그래서 토론에 끼어들 수가 없어. 카이사르가 어떤 사람인지 설명해 주고 토론을 하면 안 될까?"

까딱 잘못하면 '피식' 웃을 뻔했다. 동수는 과학과 수학은 잘하지만 다른 과목은 정말 못한다. 그렇다고 시험 점수가 낮지는 않다. 시험 때는 통째로 외워서 시험을 보고, 그 뒤로 바로 잊어 버린다고 한다. 역사도 동수가 아주 싫어하고 못하는 과목이다. 안 그래도 역사를 다루는 토론이라 어려운데 들어 보지도 못한 카이사르란 이름이 오르내리니 더 알아듣기 힘든 모양이었다. 동수처럼 똑똑한 애가 멍청해 보이니 괜히 내가 똑똑한 사람이 된 듯하여 기분이 좋아졌다.

"카이사르는 고대 로마 시대에 살았던 군인이자 유명한 정치인이야. 당시 로마는 공화정이었는데……."

"정혜야, 잠깐만!"

정혜가 카이사르에 대해 설명을 하는데 진주가 끊었다.

"네가 카이사르를 자세히 설명하면 토론에 도움이 되겠지만, 그렇게 길게 설명하다가는 토론은 못 하고 설명만 하다가 끝나겠어. 우리 이러면 어때? 그냥 카이사르 말고 광개토대왕으로 하자. 동수 너도 광개토대왕은 알지?"

"그 정도는 나도 알지."

동수가 으스대며 말했다.

정혜는 어깨를 으쓱하더니 다시 토론에 들어갔다.

정혜   조금 전에 했던 이야기 다시 할게. 역사는 역사를 낳아. 광개토
      대왕을 예로 들면, 광개토대왕이 넓은 땅을 지배했는데, 고구
      려 뒤를 이어 발해가 들어서고, 발해가 망하자 고려 왕건이 북
      방정책을 추진했고, 거란족 침입 때 서희가 담판을 하면서 고
      구려가 넓은 영토를 지배했던 근거를 제시해서 거란을 설득해.
      고려 말 공민왕 때는 다시 요동정벌을 하려다 위화도회군이란
      사건이 일어나고 결국 조선이 들어서게 되지. 이처럼 역사는
      꼬리에 꼬리를 물고 흔적을 남기기 때문에 오길비처럼 꾸며진
      인물과 광개토대왕이 같을 수는 없어.

찬기   오길비란 인물이 만들어진 당장은 광개토대왕과 다르겠지만,
      시간이 흐른 뒤에 그걸 잇고, 이어서 다른 이야기들이 덧붙여
      지면 오길비도 실존 인물과 똑같아지지 않겠어?

동수   어쨌든 그건 가짜잖아?

찬기   가짜인지 진짜인지 사람들이 모르잖아. 모두 진실이라고 믿으
      면 그게 진실이 돼.

동수   옛날에 지구가 네모라고 거의 다 믿었지만, 그게 진실이 되진
      않았어. 결국 지구가 둥글다는 게 드러났잖아.

찬기   그건 과학이고, 이건 역사야. 과학은 아무리 속여도 결국 진실
      이 드러나지만, 역사는 속이면 속을 수밖에 없어.

동수   그럼 광개토대왕이 가짜란 말이야?

찬기   아니, 오길비가 진짜와 다름없다고.

아무리 생각해도 동수는 바보다. 어떻게 저런 애가 과학과 수학은 그리 잘하는지 알다가도 모르겠다. 아무튼 토론을 하는 내내 나는 한마디도 못했다. 역사 바보인 동수도 몇 마디 하고, 수줍은 새침데기인 현경이도 뛰어난 의견을 냈는데, 나만 한마디도 못했다. 진짜 바보는 바로 나였다. 진주처럼 똑똑한 애는 나처럼 토론에서 말도 못하는 애를 좋아하지 않을지도 모른다. 아니 좋아하지 않을 것이다. 어떡하든 나도 끼어들어야 한다. 초초한 마음으로 끼어들 틈을 노렸다.

찬기 어쨌든 전제 조건은 오길비가 꾸며진 인물이란 사실을 모른다는 거야. 그러니 광개토대왕이든 카이사르든 오길비든 다를 바가 없어.

진주 물론 우리는 토론을 할 때 그 전제를 받아들여야겠지. 안 그러면 토론이 안 되니까. 그렇지만 토론을 할 때 전제를 의심 없이 받아들일 수는 없어. 꾸며진 걸 모른다고 했는데, 꾸며진 증거는 나중에 가짜로 드러날 가능성이 많아. 독도를 예로 들어 볼게. 일본이 독도가 자기네 땅이라는 증거를 조작하면서 억지 주장을 하지만, 곳곳에서 독도가 우리나라 땅이라는 증거들이 나오잖아.

동수 맞아! 방사선탄소연대측정법이나 원심분리기법으로 증거 조작을 밝혀낼 수도 있어. 그러니까 방사선탄소연대측정법이 뭐냐면…….

동수가 과학 지식을 늘어놓으려고 했다. 동수 입에서 과학 지식이 한 번 나오면 끝이 없다. 토론이 산으로 가는 게 아니라 태양계 밖으로 가 버린다. 처음에 얼른 말려야 하나. 찬기가 옆에서 동수 옆구리를 찔렀 다. 찬기가 동수를 잘 알기에 재빨리 밀린 것이다.

> 찬기　오길비가 사는 곳은 오세아니아 제국이고, 오세아니아 제국은 빅브라더가 완벽하게 통치하는 나라야. 윈스턴이 하는 일은 수 많은 과거를 조작하는 일이지. 그들은 완벽하게 상황을 통제 해. 그러니 증거 조작이 드러날 수가 없어.
>
> 나　실수를 할 수도 있잖아?

드디어 내가 나섰다. 나는 아주 적절한 때에 끼어들었다고 생각했다. 말도 간결했고, 공격도 멋졌다. 드디어 나도 말을 했다. 말을 하는 나를 진주가 보았다. 기뻤다. 그러나 그 기쁨은 바로 깨졌다. 대충 깨진 정도 가 아니고 완벽하게 박살나 버렸다.

> 찬기　오세아니아 제국 상황에서는 그럴 일이 없어.
>
> 나　그런 일이 일어날 수도 있지.
>
> 찬기　책을 제대로 읽었다면 절대 그런 일이 벌어지지 않는다는 걸 알 텐데.
>
> 나　에이, 그래도 사람인데 실수할 수도 있지.
>
> 찬기　'일어날 수도 있지', '실수할 수도 있지', 뭐 그런 식으로 말한다

면 내일 혜성이 지구에 떨어져 우리가 다 죽을 수도 있지. 그러면 우리가 오늘 뭐 때문에 이렇게 토론을 하고, 학교에서 공부를 해. 그냥 하고 싶은 게임하고, 먹고 싶은 음식 먹고, 나쁜 짓마구 하면서 살아도 되지. 안 그래?

하마터면 '그렇지!' 하고 찬기 의견에 동의할 뻔했다. 물론 그랬으면더 처참했겠지만.

찬기   그렇지만 그럴 가능성은 지극히 낮아. 내일 지구가 혜성 때문에 망할지도 모른다면서 마구 사는 사람은 불안장애야. 그러니까 '할 수 있지' 따위를 근거로 내면 안 돼. 물론 낮은 가능성을 고려해야 할 토론도 있어. 그렇지만 지금은 낮은 가능성까지 고려하면 아무 토론도 안 돼. 모조리 그럴 수 있다는 식으로 말해 버리면 토론이 되겠냐?

'그래, 너 잘났다!'
'안 물!'
'1절만 해라!'
하마터면 이런 말을 내뱉을 뻔했다. 토론을 하는 자리만 아니라면, 아니 토론을 하는 자리라도 진주만 없었다면 찬기한테 내 성질대로 쏘아붙였겠지만, 그 자리에는 진주가 있었다.

정혜 아무리 그래도 만들어진 역사는 티가 나.

찬기 일본이 독도가 자기네 땅이라고 주장을 하면서 증거를 조작했지만, 그래도 일본 사람들은 독도가 자기네 땅이라고 믿잖아. 우리는 그게 가짜인지 알지만 조작된 사실을 모르면 일본 사람들이 독도가 자기네 땅이라고 믿듯이, 오길비가 정말 있던 사람인지 모르는 사람은 오길비도 광개토대왕과 똑같다고 믿을 거야.

정혜 물론 일본인들이 그렇게 믿는 건 오길비와 비슷하지만, 그건 왜곡된 역사고, 잘못 알고 있는 거야. 처음엔 잘못된 믿음에 빠지겠지만 독도가 우리나라 땅이라는 증거를 알려 주면 잘못된 믿음에서 빠져나올 거야.

찬기 물론 빠져나오는 사람도 있겠지. 그렇지만 많은 증거를 접하고도 여전히 독도는 일본 땅이라고 믿는 일본 사람들이 많아. 심지어 우리나라가 증거를 조작했다는 식으로 말하기도 해. 사람들이 늘 진실한 역사만 믿는 건 아니야. 그러니 역사를 조작해 놓으면, 사람들은 조작된 역사를 믿게 되고, 결국 진짜 역사와 가짜 역사는 다를 바가 없게 되는 거지.

토론은 그걸로 끝이었다. 토론을 마무리하며 진주가 좋은 질문을 만들어온 나에게 고맙다는 말도 했지만 전혀 기쁘지 않았다. 진주가 찬기를 바라보는 애틋한 눈빛을 모른 채 그런 말을 들었다면 무척 기뻤겠지만, 찬기와 진주 사이에 흐르는 묘한 공기를 토론 내내 느꼈기에 어떤

토론의 여왕과 사춘기 로맨스

말을 들어도 그냥 가슴이 쓰라리고 아팠다.

　이제 나는 어떡해야 할까? 둘이 그렇고 그런 사이인지 알아봐야 할까? 그랬다가 정말 둘이 사귀는 사이라면? 아니다. 아직 그 정도는 아니겠지. 잘 해봐야 서로 밀고 당기는 '썸'을 타는 정도겠지. 휴~, 생각해 보니 그게 더 가슴 아프다. 내가 진주와 썸을 타고 싶었는데, 잘난 찬기가 진주와 썸을 타는 사이라면……, 떠올리기도 싫다.

　어쩌면 아닐지도 모른다. 찬기와 진주 사이에 묘한 기운이 돈다는 느낌은 내 착각일지도 모른다. 어쩌면 애틋하지 않았는지도 모른다. 그냥 그렇고 그랬는데 내가 예민해서 잘못 판단했는지도 모른다. 그래 착각이다. 착각이 맞다. 착각이어야 한다.

　이런 생각에 빠져 있다 보니 둘째 토론은 주제가 뭔지, 어떤 말이 오가는지 들리지도 않았다. 그러다 갑자기 토론이 뚝 끊겼다. 동아리 활동을 하는 교실 문이 열리면서 박정훈 선생님이 들어왔기 때문이다.

　"나 때문에 토론이 방해되지는 않았지?"

　"아니에요. 선생님!"

　물론 예의 때문에 한 말이다. 당연히 토론이 끊겼으니 방해가 되었다. 그렇지만 토론이 끊겨서 나는 더 좋았다. 토론을 거듭할수록 잘난 찬기가 더욱 잘나 보였기 때문이다. 아무래도 찬기를 그대로 두면 안 될 듯 했다. 어떡하든 찬기 약점을 잡아서 모든 애들에게 소문을 내야겠다는 음흉한 마음이 스멀스멀 올라왔다.

　"선생님도 옛날부터 이런 동아리를 만들려고 했는데, 하려는 애들이 없어서 못했어. 그런데 너희들이 이런 동아리를 만들다니, 정말 기뻐! 선생님이 기뻐서 너희들한테 한턱 쏘려고 하는데, 괜찮니?"

물론 다들 좋아했다.

"동아리 활동 시간이 아직 많이 남았으니까 학교 앞 분식집에 가서 먹자."

"와~!"

이건 그야말로 대박이었다. 박정훈 선생님이 이렇게 화끈하고 좋은 분이라니, 수업 때마다 졸기만 하던 내 태도를 깊이 반성했다.

우리는 머뭇거리지 않고 곧바로 학교 앞 분식집으로 갔다. 분식집이 한가할 줄 알았는데 뜻밖에도 손님들이 아주 많았다. 주로 우리 학교 옆에 있는 초등학교에 다니는 애들이 손님이었고, 어른 손님도 제법 많았다. 초등학생들이 주문을 하는 소리가 시끄러웠다. 다행히 우리가 앉을 자리는 있었다.

"자, 먹고 싶은 거 다 시켜!"

선생님은 통 크게 선언하며 자리에 앉았다.

학교 앞 분식점 음식 값이 비싸지는 않지만, 선생님이 우리 마음을 가볍게 해 주니 들떠서 차림표를 뒤적였다.

"나는 어묵우동!"

"나는 돈가스!"

"분식집에 오면 라면을 먹어야지. 나는 떡라면에 치즈김밥!"

떡라면과 치즈김밥은 나다.

"분식집이면 떡볶이와 순대지."

"난 불고기볶음밥 먹을래."

"나는 쫄면 먹을게."

어쩌다 보니 여섯이 모두 다른 음식을 골랐다.

"선생님은 뭐 드실래요?"

"여섯이 다 다르니 너희들이 먹는 음식 가운데 하나를 고를까?"

"에이, 그러지 마시고 그냥 선생님도 드시고 싶은 거 시키세요."

"그렇겠지? 그럼 선생님은…… 떡만두국!"

"다 다르니 외우기도 힘드네. 적어야겠다."

정혜가 종이를 꺼내서 각자 먹고 싶은 음식을 다 적었다.

"어묵우동, 돈가스, 떡라면, 치즈김밥, 떡볶이, 순대, 불고기볶음밥, 쫄면, 그리고 떡만두국! 빠진 거 없지? 좋아, 이대로 시킬게."

그때 또다시 한 무리 초등학생들이 쏟아져 들어왔다. 땀 냄새가 풀풀 나는 애들이었다. 하는 말을 들어 보니, 수업이 끝나고 축구 한판 뛰고 몰려온 모양이었다. 애들은 시끄럽게 떠들며 뭘 먹을지 한참 수다를 떨었다.

"잠깐만!"

진주다.

"너무 많지 않아?"

"무슨 말이야?"

정혜가 되물었다.

"우리, 너무 많이 시키지 않았냐고."

"아, 아, 괜찮아! 선생님 지갑 두둑하니까 그냥 편하게 시켜."

박정훈 선생님이 웃으며 말했다.

"아니요, 선생님 그게 아니라, 종류가 지나치게 많아 보여서요."

진주가 말했다.

"그게 왜 문제야?"

찬기가 물었다.

"지금 이 분식집 상황을 봐. 손님은 엄청 많고, 애들이 또 들어왔어. 아마 지금 이때가 초등학생 애들이 엄청 많이 들어오는 시간인 듯한데, 우리가 이렇게 한꺼번에 모두 다른 음식을 시키면 시간도 오래 걸리고, 일하는 분들도 힘들지 않을까 해서."

진주 말이 그럴 듯하게 들렸다. 물론 진주 말이라면 다 좋게 들리는 탓도 있지만, 진주가 말하는 근거가 타당했기 때문이다.

"이왕 돈 내고 먹는데 왜 먹고 싶은 걸 포기해야 돼? 먹고 싶은 건 먹어야지."

정혜가 되받아쳤다.

"이렇게 많이 시키면 음식이 나오는 시간도 제각각이어서 따로따로 먹어야 하고, 지금도 주방에서 일하시는 분들이 엄청 바쁜데 거기에 우리가 더 부담을 드리는 거잖아."

진주가 차분하게 설득했다.

"어차피 식당에서 일하는 사람은 음식을 만들어 파는 일을 해. 차림표를 봐! 손님 마음대로 시켜도 된다고 해 놓은 게 차림표 아니야? 네 말처럼 한다면 어떤 사람은 먹고 싶은 걸 포기해야 하잖아. 그게 오히려 불합리하지 않아?"

찬기가 매섭게 반박했다.

찬기와 진주 의견이 날카롭게 맞섰다. 둘이 이렇게 날카롭게 부딪치는 걸 보니 무척 반가웠다. 이런 논쟁이 심해지면 기분이 나빠지고, 좋아하던 감정도 식을 수 있다. 아주 치열하게 둘이 논쟁을 하기를 바랐다.

"우리가 먹기 위해 살지는 않잖아. 아무리 돈을 냈다고 해도 다른 사람을 배려해 주는 게 좋지 않아? 뻔히 힘든 모습이 보이는데 돈 냈으니 모른 척한다면 양심이 없는 게 아닐까?"

진주 말이 끝나고 찬기가 되받을 줄 알았는데 뜬금없이 동수가 눈치 없이 끼어들었다.

"우린 각자 취향이 있잖아. 너는 우리가 먹기 위해 사는 건 아니라고 하지만, 먹기 위해 사는 사람도 있어. 왜 우리가 우리 욕망을 포기해야 돼? 함수를 생각해 봐. 욕망이라는 X값을 넣으면 행복이란 Y값이 나오는데, X를 넣지 않으면 Y는 줄어들어."

"동수 말이 맞아. 우리가 왜 다른 사람의 힘겨움을 덜어 주려고 내 행복을 포기해야 하지? 더구나 돈까지 내고? 동수는 Y가 줄어든다고 했지만, 내가 보기엔 Y가 줄어드는 게 아니라 사라지는 거야. X값에 내가 싫어하는 음식을 집어넣는다는 건데 그건 Y값을 마이너스가 되게 하는 거야. 왜 돈까지 내고 우리가 불행해져야 하지?"

찬기와 동수는 죽이 맞아서 진주를 몰아붙였다. 뭐라고 진주를 거들어 주고 싶은데 X니 Y니 하며 수학 이야기를 하니 무슨 말인지 알아듣지 못해 끼어들 수가 없었다. 동수는 이게 문제다. 꼭 잘난 척하며 수학이나 과학 이야기를 꺼내서 말문을 닫아 버리게 한다.

"그 논리는 X값에 음식만 놓았을 때 성립해. 다시 말하지만 사람은 먹기 위해 살지 않아. 사람은 살기 위해 먹고, 사람은 배 채우는 욕망이 아니라 더 높은 가치를 추구하며 살아야 해. 배려심도 우리가 추구해야 할 가치 가운데 하나고."

진주가 반박 논리를 제시했는데 무슨 말인지 헤아리기 어려웠다. 진주를 싶은 마음이 굴뚝같았지만 어찌할 수가 없었다. 그러다 문득 굳이 X, Y란 틀을 내가 지키지 않아도 된다는 생각이 떠올랐다. 내가 왜 찬기나 동수 논리에 맞춰서 말을 해야 하지? 그냥 나는 내 식대로 말하면 되지 않을까?

"다 따로 시키면 따로따로 나올 거고, 그럼 기다려야 하잖아. 누구는 먹고, 누구는 못 먹고. 그러는 것보다는 다 같이 나와서 같이 먹는 게 좋지 않아?"

내가 나섰다. 나, 배윤호가, 드디어 진주를 지키려고 나섰다. 백마 탄 왕자처럼!

"기다리면서 먼저 나온 사람 음식을 같이 먹으면 되잖아. 그럼 나눠 먹고 더 좋지, 안 그래?"

내가 멋지게 나타나면 찬기가 바로 무너질 줄 알았는데 찬기는 바로 되받아쳤다

'앗! 그렇구나!'

속으로 찬기에게 감탄했다. 토론에서도 깨지더니 밥 먹으러 와서도 찬기에게 밀렸다. 맨날 먼저 나온 애 음식 뺏어 먹으면서도 나는 왜 찬기와 같은 생각을 못 했는지, 모자란 내 머리가 한심했다. 역시 찬기는 재수가 없다. 어렵게 내가 나섰는데 내 논리를 이렇게 무참하게 깨 버리

다니⋯⋯. 한 번이라도, 진주 앞에서 찬기를 이겨 보고 싶다. 찬기가 입도 벙긋 못 하게 눌러 버리고 싶다. 나는 왜 찬기처럼 논쟁을 잘하지 못할까? 전에는 찬기 같은 애를 만나면 '어쩔', '안물', '됐거든'과 같은 말로 깔아뭉개면 그만이었다. 정 안 되면 욕을 해대면 되었다.

그런데 진주 앞이라 그럴 수 없다. 내가 그런 식으로 나오면 진주가 좋아하지 않는다. 꼭 진주한테 잘 보이고 싶은 마음만은 아니다. 정말 자존심이 상한다. 같은 또래인데 논쟁과 토론에선 힘도 제대로 써 보지 못하고 밀리는 내 꼴이 처참했다. 이기고 싶다. 한 번이라도 좋으니 찬기를 이기고 싶다.

"그건 다른 사람 음식을 뺏어 먹는 짓 아냐? 먼저 나온 사람은 자기 먹고 싶은 걸 빼앗겨야 하잖아. 더구나 먹기 싫은 음식을 먹는 건 행복을 줄어들게 한다고 해 놓고 다른 사람 음식을 뺏어 먹는 짓은 또 뭐야? 그건 너희들 논리대로라면 먹기 싫은 음식 아니었어?"

역시 진주다. 나 같은 애는 생각할 수도 없는 논리를 진주는 찾아낸다. 진주는 내가 좋아할 만한 구석은 다 갖췄다. 진주는 말로 찬기를 이기는 애다. 나는 못하는데 진주는 한다. (어, 옛날엔 진주의 이런 모습이 무척 싫었는데⋯⋯. 아무래도 그때는 내가 제정신이 아니었나 보다.)

"자, 자, 잠깐만!"

박정훈 선생님이 토론을 멈춰 세웠다.

"고전 독서토론 동아리라는 이름에 걸맞게 이런 주제로도 토론을 벌이는 모습이 아주 좋아! 그렇지만 우린 지금 시간이 별로 없어. 이런 식으로 한없이 토론하다가는 동아리 시간이 끝나게 되고, 그럼 논쟁만 하다 음식은 먹을 수도 없게 돼. 토론은 모두 잘 들었을 테니, 선택은 각자가 하기로 하자. 어때?"

시계를 봤다. 더 늦췄다가는 먹을 시간도 모자랐다. 우리는 선생님 말씀에 따르기로 했다.

"나는 돈가스 그대로."

찬기는 머뭇거리지 않았다.

"나도 불고기볶음밥 그대로."

동수가 찬기 뒤를 이었다.

"나도 그대로 어묵우동."

제 뜻을 포기할 정혜가 아니다.

"나는 쫄면 말고, 그냥 돈가스 먹을게."

현경이는 찬기가 먹는 돈가스로 바꿨다. 돈가스라는 말을 하면서도 찬기를 슬쩍 보았다. 현경이는 아무 때나 제 마음을 내비쳤다. 설마 나도 현경이처럼 저러고 있지는 않겠지?

"나는 떡볶이와 순대를 포기하고 어묵우동 먹을게."

진주는 제 말대로 배려심을 발휘했다.

나는 떡라면과 치즈김밥을 먹고 싶었다. 여기 분식점 치즈김밥은 남다르다. 다른 어디서도 먹기 힘든 치즈김밥이다. 다른 분식집에서는 쓰지 않는 고급 치즈를 쓴다. 떡라면도 정말 맛있게 끓인다. 먹고 싶었지만, 진주를 위해 꾹 참고 바꿨다. 배려는 아니다. 그저 사랑일 뿐이다.

내가 떡라면과 치즈김밥 다음으로 먹고 싶은 음식이 어묵우동이다. 이 집 어묵우동은 떡라면 못지않게 남다른 맛이다. 아무래도 국물을 내는 비결이 있는 듯하다. 그렇지만 선뜻 어묵우동을 먹고 싶다는 말을 할수가 없었다. 찬기 따라서 돈가스를 먹는 현경이처럼 하고 싶지는 않다. 자꾸 진주를 따라 하면 다른 사람이 내 속마음을 눈치챌지도 모르기 때문이다.

"나는 불고기볶음밥."

울며 겨자 먹기로 불고기볶음밥을 골랐다. 1순위인 떡라면과 치즈김밥도 아니고, 2순위인 어묵우동도 아니다. 아! 사랑이 뭐라고.

"돈가스 2개, 불고기볶음밥 2개, 어묵우동 2개네. 숫자가 딱 맞으니 나는 이 중에서 아무거나 먹어도 되겠네."

박정훈 선생님 얼굴에 장난기가 어렸다.

"이집 어묵우동이 아주 맛있지. 나는 어묵우동!"

내가 둘째로 먹고 싶던 어묵우동은 박정훈 선생님 몫이 되고 말았다. 아, 먹고 싶다 어묵우동! 아니 떡라면과 치즈김밥!

박정훈 선생님이 주문을 했고, 먼저 계산을 했다. 음식을 세 가지만 주문을 했기 때문일까? 우리가 시킨 음식이 금방 나왔고, 우리는 동아리 시간이 끝나기 전에 학교로 돌아왔다. 애들은 음식을 먹을 때뿐 아니라 학교로 돌아오면서도 '상호배려'와 '취향존중' 편으로 나뉘어 열띤 논쟁을 벌였다. 터놓고 말하면 나는 찬기와 같은 생각이다. 나는 떡라면과 치즈김밥이 못내 아쉬웠다. 어묵우동도 먹고 싶었다. 다음에라도 다시 와서 꼭 먹고 말겠다고 다짐했다. 그렇지만 그런 속내를 내비치진 않았다. 나는 진주와 다른 의견을 내고 싶지 않았고, 진주 편을 들어 주고 싶었다. 찬기, 정혜, 동수와 3대 1로 논쟁하는 진주에게 힘을 실어 주고 싶었다. 물론 세 명과 논쟁한다고 해서 진주가 밀리지는 않았다. 현경이는 논쟁에 끼지는 않고 가끔 끼어들어 찬기 쪽 논리를 뒷받침했다. 내가 보기에 현경이 속생각은 진주와 같았다. 좋아하는 찬기를 도와주고 싶은 마음으로 속마음과 다른 의견을 제시하고 있었다. 진주를 도와주고 싶은 마음은 간절한데, 나는 꿀단지에 빠진 벌처럼 멍하니 논쟁을 지켜보기만 했다. 속이 쓰렸다.

06
숙제하고 놀까, 놀고 숙제할까?

우연일까? 아니면 필연일까? 바로 다음 날, 가족끼리 외식을 하는 상황에서 똑같은 일이 벌어졌다. 다음 날은 토요일이었고, 가족끼리 다 같이 밖에 나가서 먹기로 했다. 아주 유명한 맛집이라면서 아빠가 꼭 가 보고 싶다고 여러 차례 말한 곳이었다. 아빠는 가족과 함께 가려고 먹고 싶은 간절함을 꾹 누르고 참았다. 여러 번 가려 했지만 서로 시간이 맞 지 않아 가지 못했던 식당이다. 아빠는 음식 욕심이 엄청 많다. 다른 욕 심은 내지 않는데 음식 욕심은 끝이 없다. 맛집이란 소문을 들으면 참지 못하고 바로 그 식당을 찾아간다. 그런 아빠가 가족과 함께 가려고 꾹 참았다면 엄청난 인내력이다. 아빠가 얼마나 큰 인내력을 발휘한 것이 다. 그걸 알기에, 누나와 엄마도 일정을 조정해서 함께 시간을 맞췄다. 식당 앞 주차장은 차들로 꽉 찼고, 대기하는 손님도 아주 많았다. 기다 리는 손님들을 보니 음식을 먹어 보지 않았음에도 맛있는 식당이란 믿음이 생겼다.

　20여분을 기다려서 자리를 잡았다. 가게는 손님으로 가득했고, 바깥에는 대기자가 점점 더 많아졌다. 아빠는 그곳에서 가장 많은 사람들이 찾는 음식을 골랐다. 아마 이곳을 소개해 준 사람이 꼭 먹으라고 했던 음식인 모양이었다. 입이 귀에 걸린다는 말이 딱 어울리는 아빠 얼굴이었다. 누나는 차림표를 골똘히 살피더니 두 가지를 골랐다. 참 욕심도 많다. 나는 두 사람이 고른 음식 가운데 하나를 고르려다 확 끌리는 음식을 발견하고 그걸 먹고 싶다고 말했다. 무엇보다 어제 못 먹은 떡라면과 치즈김밥이 떠올라 이번에는 양보하고 싶지 않았다. 분식집에서 먹을 때도, 먹고 난 뒤에도 떡라면과 치즈김밥이 마냥 아쉬웠다. 차림표를 가장 오랫동안 살피던 엄마는 셋과 다른 음식을 골랐다. 그렇게 되니 네 사람이 다섯 가지 음식을 시켜야 하는 상황이었다. 주방은 엄청 바빴고, 종업원들은 부지런히 음식을 나르고 상을 치웠으며, 대기자는 점점 늘어났다. 어제와 똑같은 상황이었다.

　엄마는 차림표를 보고, 주방을 보고, 대기자 쪽을 보더니 진주와 똑같은 제안을 했다.

　"시키는 종류를 줄이자. 손님도 많고, 주방도 바쁜데 이렇게 모두 다른 음식을 시키면 늦게 나오고, 일하는 분들도 힘들 거야."

　나는 재빨리 눈치를 살폈다. 다른 일에선 고집도 부리지 않고 웬만하면 누나나 엄마 뜻을 따르는 아빠지만 음식에 관한 한 아빠는 고집스럽다. 어떤 경우에도 먹고 싶은 음식은 꼭 먹고 만다. 엄마도 고집이 세다. 엄마가 먹고 싶은 음식을 말한 뒤에 너무 많은 종류를 시킨다고 말했으니 엄마는 바꿀 생각이 없다는 뜻이다. 아빠가 이 식당에 오고 싶어 했고, 음식에 관한 한 아빠가 쇠고집임을 엄마도 잘 알기에 아빠가 바꾸라는 뜻도 아니다. 그렇다면 남는 사람은 누나와 나! 결국 엄마는 누나와 내가 아빠나 엄마가 고른 음식 중 하나를 시키라고 한 셈이다.

어제도 먹고 싶은 음식을 포기했는데 오늘 또 포기해야 한다고 생각하니 속이 쓰렸다. 그렇다고 엄마에게 어제 일을 털어놓으며 억울함을 호소할 수도 없었다. 안타깝고 아쉽지만 나는 금방 뜻을 꺾었다. 엄마 뜻을 거슬러서 좋을 게 없었다. 나는 엄마와 아빠가 시킨 음식을 견줘 보고 엄마가 시킨 걸로 바꿨다. 아빠 입맛은 나와 많이 다르기 때문이다. 나는 재빨리 뜻을 바꿨지만 누나는 아니었다.

"우리가 왜 주방에서 일하는 사람이나 기다리는 사람을 배려해야 돼? 우린 20분 넘게 기다렸고, 돈도 낼 거잖아. 먹고 싶은 거 먹으려고 왔는데 이런 데서까지 남 배려하기는 싫어."

"돈을 지불한다고 해서 마음대로 할 권리는 없어. 우리도 기다릴 때 얼마나 지루했니? 이럴 때일수록 남을 생각해야지. 지금 기다리는 사람들도 마찬가지야. 배려는 이런 때 하는 거야."

엄마가 차분하게 설득했다.

"난 안 해. 난 먹고 싶은 대로 먹을 거야."

또다시 누나 쇠고집이 나왔다.

"사는 재미라곤 먹는 것밖에 없어. 먹는 게 내가 사는 하나뿐인 재미고, 목적이야. 그런데 왜 내가 먹고 싶은 걸 먹으면 안 되냐고?"

이쯤 누나가 고집을 부리면 여느 때 엄마라면 뒤로 물러선다. 그렇지만 엄마도 그때는 쇠고집을 부렸다.

"억지 부리지 마!"

엄마가 눈을 부라리며 쏘아붙였다.

"이게 왜 억지야? 엄마야말로 강요하지 마!"

누나도 지지 않고 맞섰다. 엄마와 누나 사이에 불꽃이 튀었다.

우리 집 남자 둘은 고집이 별로 없다. 그러나 여자 둘은 고집이 아주 세다. 여자들이 다 그렇다는 말이 아니다. 우리 집에 사는 여자 두 사람이 유난히 고집이 세다는 말이니 오해 없기 바란다. 두 고집이 맞부딪히는 경우는 별로 없는데, 대부분 엄마가 웬만하면 넘어가 주기 때문이다. 그러다 가끔 부딪히면 무시무시한 파열음이 난다. 그럴 때는 다치지 않게 조심해야 한다. 서로를 어찌지 못하는 두 사람은 괜히 내가 옆에서 툭 내뱉은 말 한마디, 뜻 없이 하는 손짓 하나를 트집 잡아 나에게 화를 터트리기 때문이다.

감정이 잔뜩 실린 말들을 접하며 어제 모습을 떠올렸다. 어제는 똑같은 문제가 생겼지만 이런 감정싸움은 하지 않았다. 치열했지만 서로 감정을 건드리지 않는 토론을 벌였다. 왜 이런 차이가 날까? 가족끼리는 동아리 회원들처럼 토론하는 게 불가능할까? 누나는 왜 저렇게 자기 하고 싶은 대로 다 하려는 걸까?

누나는 어릴 때부터 자기 하고 싶은 건 다 했다. 즐기고 싶은 일은 뒤로 미루지 않고 바로 했다. 웬만해선 놀라지 않는 엄마가 기겁할 일을 저지른 적도 많았다.

"나는 내일을 믿지 않아!"

언제인지 모르지만 누나가 내게 했던 말이다.

"나는 오늘만 살아!"

이런 말도 했다.

누나는 내일은 믿지 않고 오늘만 사는 사람이다. 그러니 감정에 충실하고, 하고 싶은 일은 바로 해 버린다. 나는 누나 신념이 옳은지 그른지 잘 모르겠다. 진주는 어떻게 생각할까? 멋진 신념이라고 할까, 아니면 어처구니없는 신념이라고 할까? 아니면 또 다른 의견을 제시할까?

"넌 먹기 위해 사니? 먹는 게 다야? 왜 그렇게 고집을 부려?"

엄마가 어린아이를 혼내듯이 누나를 다그쳤다. 이번에야말로 누나 고집을 꺾어 보겠다고 단단히 마음먹은 듯했다.

"그래, 나는 먹기 위해 살아! 그게 뭐 어쨌다고."

물론 누나가 쉽게 질 사람이 아니다.

진주는 사람은 먹기 위해 사는 게 아니라고 말했다. 사람은 고귀한 가치를 추구하며 사는 존재라고 했다. 바로 그 순간 나는 누나 말을 반박했다. 내가 왜 그랬는지 모르겠지만, 무슨 용기가 나서 그랬는지 모르겠지만, 여느 때라면 절대 끼어들지 않을 싸움에, 나도 모르게 끼어들고 말았다. '먹기 위해 산다'는 누나 말을 듣는 순간, 어제 진주가 한 말이 떠올랐고, 나는 별 생각 없이 진주가 한 말을 그대로 읊었다.

"사람이 어떻게 먹기 위해 살아? 사람은 배나 채우는 욕망이 아니라 더 높은 가치를 추구하며 살아야 돼. 엄마가 말한 배려심도 우리가 추구해야 할 높은 가치 가운데 하나고."

누나와 싸우면 내가 늘 밀리고 깨지지만 무조건 물러서지는 않는다.

가끔은 팽팽할 때도 있는데 내가 정말로 부아가 치밀어서 대들 때다. 그때는 남과 싸울 때처럼 험한 욕을 해대며 대드는데 누나도 조금은 뒤로 물러선다. 그렇다고 내가 이기지는 못한다. 잠깐 팽팽했다가 마지막에는 내가 진다. 어쨌든 누나와 맞설 때는 센 욕을 하며 대들기만 했던 내가 진주가 썼던 논리를 들이미니 누나는 움찔 놀라며 나를 째려봤다. 엄마도, 아빠도 여느 때와 다른 나를 보고 조금은 놀라워했다.

'역시 진주야!'

멋진 논리로 누나를 꼼짝 못 하게 만들다니, 정말 기뻤다. 15년 만에 이룬 첫 승리다. 나는 승리자고, 누나는 패배자다. 이제 누나는 입을 닫고 엄마 말을 들으면 된다. 엄마는 나를 기특해 하고, 아빠는 아들이 많이 컸다고 칭찬한다. 이 얼마나 짜릿한 일인가?

그러나 안타깝게도 기쁨은 단 몇 초도 가지 못했다. 누나는 나보다 몇 수 위였다.

"식욕이 왜 저급한 욕망이야? 도대체 배려가 식욕보다 높은 가치라고 떠받들어야 할 이유가 뭐야?"

누나가 이런 식으로 반박할 줄은 미처 몰랐다. 그냥 해봐야 억지나 부릴 거라고 생각했다. 내가 그럴 듯한 논리를 내고, 누나가 억지를 부리면 내가 이긴 것이 된다. 나는 승리하고 싶었고, 승리를 확신했다. 그러나 누나가 제시한 논리는 내가 대꾸할 수준이 아니었다. 누나 말에 대응할 논리를 찾지 못해 당황하는데 누나가 잇따라 강력한 논리를 날렸다.

"배려를 높이 쳐주고 싶은 사람은 그러라고 해. 나는 내가 더 중요해. 나쁜 범죄를 저지른다면 또 몰라! 공짜로 해 달라는 것도 아니야! 그런 상황에서 왜 내 욕심을 배려보다 아래에 둬야 하냐고? 나는 내 욕망에 충실할 거야. 그건 내 권리라고."

누나가 제시한 논리는 단단했다. 그동안 내가 누나에게 밀린 까닭이 누나가 나보다 나이도 위고, 됨됨이가 무섭기 때문이라고만 여겼는데 아니었다. 옛날부터 나는 누나에게 논리에서 밀렸다. 애들이 하는 말로 말발이 딸렸다. 어쩌면 그동안 누나가 나에게 부렸던 억지와 트집이 실제로는 억지와 트집이 아니었을지도 모른다는 생각이 처음으로 들었다.

누나가 제시한 논리가 탄탄했기에 엄마도 뭐라고 반박을 하지 못했다. 진주라면 어땠을까? 진주는 저 논리에 반박할 수 있을까? 아니다. 내가 왜 이 상황에서 진주를 찾는단 말인가? 내가 저 논리를 깰 수는 없을까? 또다시 자존심이 상했다. 제대로 반박도 하지 못하는 내 못남이 더욱 실망스럽고, 짜증이 났다.

"주문 받습니다."

종업원이 다가왔다.

엄마는 누나를 째려본 뒤에 누나가 원하는 대로 시켜 주었다. 오늘도 누나는 이겼다. 엄마는 음식을 주문한 뒤 아무렇지 않게 웃으며 아빠와 이야기를 나눴다. 엄마는 어떻게 저럴 수 있을까? 조금 전까지 딸을 째려보며 화를 내더니, 곧바로 기분을 바꿔서 즐겁게 이야기를 나누다니 이해할 수가 없다. 물론 나도 어릴 때는 저랬다. 엄마에게 엄청 혼이 나다가도 맛있는 음식이나 즐거운 일이 생기면 곧바로 웃었다. 어느 때부터인지 모르지만 그렇게 곧바로 기분을 바꾸기가 힘들었다. 나쁜 기분이 오래갔고, 싸우면 쉽게 풀어지지 않았다. 그런데 엄마는 어른인데도 기분을 금방 바꾼다.

'다른 사람 얼굴 보고 하지 못할 말은 뒤에서도 하지 마.'

엄마가 신념처럼 하는 말이다.

그래서 엄마는 거리낌없다. 뒷말을 하지 않는다. 아빠는 회사에서 억울하거나, 힘든 일을 엄마에게 많이 털어놓는데, 엄마는 그런 말을 일절 하지 않는다. 엄마는 아빠 이야기는 잘 들어 주지만 남 흉보는 이야기는 절대 안 한다. 하고 싶은 말은 그 사람 얼굴에 대고 해 버리기 때문에 굳이 집에서 남 몰래 흉볼 일이 없다고 한다. 그래서 엄마는 뒤끝이 없고, 화끈하다. 나를 야단칠 때도 옛날 일은 조금도 꺼내지 않는다. 그 순간 잘못한 일로만 야단친다.

나는 그런 엄마가 참 좋았다. '다른 사람 얼굴 보고 하지 못할 말은 뒤에서도 하지 말라'는 엄마 말이 옳다고 믿고, 나도 되도록 그러려고 애썼다. 엄마는 다른 사람 험담을 뒤에서 하는 걸 무척 싫어하는데, 나도 뒷말 하는 애들이 가장 싫다. 아무리 가까운 사이여도 내 험담을 뒤에서 하면 나는 바로 관계를 끊어 버린다. 똑같은 말을 그냥 대놓고 나에게 하면 괜찮다. 그러면 아무리 센 말도 거슬리지 않는다. 기분 나쁘면 싸우면 되고, 옳은 지적이면 받아들이면 그뿐이다.

태규와 나는 할 말 못할 말을 모두 얼굴 보고 한다. 할 말을 꿍하니 감춰 두지 않는다. 대놓고 말해서 싸울 때도 있지만, 그만큼 서로 믿는다. 내 앞에서 보이는 태도가 태규가 나를 생각하는 전부다. 나도 태규에게 내 속마음을 있는 그대로 드러낸다. 그래서 태규와 나는 아주 가까운 친구다.

나도 그렇게 믿고, 그렇게 살고 있지만, 그 순간 처음으로 의문이 생겼다. 정말 엄마 신념이 옳을까? 진주에게 물어보고 싶었다. 진주가 내놓을 답이 궁금했다. 진주뿐 아니라 동아리 회원들과도 토론을 해보고 싶었다. 비록 어제는 끼어들지 못했지만, 조금 전에는 누나에게 무참히 깨졌지만, 이 주제로 토론하면 꽤 할 말이 있기 때문이다.

꼭 토론 주제를 책에서만 뽑을 이유는 없었다. 일상에서 벌어지는 문제, 사람들이 별로 따지지 않고, 옳다고 믿는 신념들을 주제로 삼아 토론을 하면 훨씬 즐겁고 치열하게 토론할 수 있을 뿐 아니라, 삶에도 도움이 될 듯했다. 어쩌면 그런 주제로 토론하면 찬기를 이길지도 모른다.

어쨌든 맛집에 가서 나만 먹고 싶은 걸 못 먹었다. 고래 싸움에 괜히 새우만 등이 터졌다. 엄마와 누나는 처음부터 고래였고, 앞으로도 고래일 테지만 아빠는 식당에서는 고래였다. 나만 배려하라는 엄마 말을 받아들이는 새우가 되고 말았다. 나는 언제쯤 고래가 될 수 있을까? 맛집에서 배부르게 먹고 나왔는데도 배가 텅 빈 듯했다.

외식을 마치고 집에 온 나는 미처 읽지 못한 『1984』를 부지런히 파고들었다. 토론 주제와 상관없이 어쨌든 책은 읽어 가고 싶었다. 책을 다 읽어서 진주에게 잘 보이고 싶기도 했지만, 찬기에게 밀리고 싶지 않기 때문이다. 이런 책을 열심히 읽으면 나도 찬기나 누나를 이겨 낼 말솜씨를 갖추게 될지도 모른다고 생각했기 때문이다. 틈만 나면 찬기와 누나를 이기는 상상을 했더니, 빅브라더란 낱말이 나오면 찬기가 떠오르고, 주인공 윈스턴을 괴롭히는 비밀경찰인 오브라이언이 나오면 누나 얼굴이 떠올랐다. 내가 잘한다고 자부하던 게임에서 졌을 때보다 더 무섭게 승부욕이 끓어올랐다.

책을 한참 읽는데 누나가 불쑥 문을 열고 들어왔다. 누나는 사기 빙은 들어오지도 못하게 하면서 내 방은 아무 때나 막 들어온다. 누나는 책상에 앉아 책을 읽는 나를 물끄러미 보더니 아무 말 없이 문을 닫았다. 누나 모습이 사라지자 나는 더 열을 내며 책을 읽었다. 용암보다 뜨거운 승부욕이 나를 휘감았다.

저번 주에 1부를 읽을 때는 그렇게 어렵더니 2부는 책장이 쉽게 넘어갔다. 이미 문장과 줄거리에 익숙해진 탓도 있지만 찬기와 누나를 이기겠다는 승부욕이 끔찍하게 싫은 책마저 아무렇지 않게 만들어 버렸다. 시간 가는 줄 모르고 읽는데, 이렇게 읽다 보면 곧 다 읽을 줄 알았는데, 어느 순간부터 또다시 졸렸다.

"아, 이러면 안 되지! 야, 배윤호! 진주가 보는 앞에서 또 찬기한테 깨지고 싶어? 누나한테 또 까이고 싶냐? 정신 차려!"

나를 채찍질하며 다시 책을 읽는데, 또 졸렸다. 머리를 흔들고, 물을 마시고, 뺨을 때리고, 허벅지를 꼬집어도, 졸음은 도망가지 않았다. 활활 타오르던 용암이 벌써 식은 모양이다. 도저히 안 되겠다. 일단 자고 내일 일어나서 읽어야겠다. 활화산 같은 내 승부욕마저 순식간에 잠재워 버리는 고전은 역시 인류가 만든 위대한 수면제였다.

책을 덮고 침대에 막 누웠는데 문자가 왔다. 낯선 번호였다.

'내일 오후에 시간 되니?'

뜬금없었다. 누군지도 모르는데 시간이 되냐고 묻다니……

'너 누구?'

'실망인데~~ 내 번호도 모르고'

딱 보니 내가 아는 친구 가운데 한 놈이 치는 장난이다.

다른 때 같으면 장난을 받아 줬겠지만 위대한 수면제 님께 잠이 들라는 지시를 받은 상태였기에 오래 끌고 싶지 않았다.

'장난치는 놈 누구냐? 걸리면 죽는다!'

'뜨악~~ 정말 날 죽일 거야?'

짜증이 버럭 올라왔다.

'야! 너 누구야?'

잠이 확 달아났다.

'나~ ☆반짝반짝☆'

설마?

'진주?'

아니겠지?

'끄덕끄덕'

'그나저나 내 번호도 모르다니 실망인걸'

도대체 진주가 이 오밤중에 무슨 일일까? 가슴이 쿵쾅거렸다. 설마 진주가 나에게……? 그럴 리가 없다. 아니 그러지 말라는 법이 없지. 사람 마음은 모르는 거잖아. 그때부터 손이 부들부들 떨려서 자꾸 오타가 났다.

'무스닐이아?'

결국 오타로 보내고 말았다. 이런 바보!

'내일 시간 되냐고 물었잖아'

아, 물론 된다. 진주 네가 시간이 되냐고 물어보는데 내가 없다고 하겠냐? 누나가 못 나가게 철벽을 쳐도 뚫을 것이고, 엄마가 나를 어디로 끌고 가면 탈출해서라도 너에게 갈 것이다. 그러니 나는 시간이 넘친다. 언제든지 불러만 주면 나는 간다.

'되'

아, 이런 배윤호~! 문자가 이게 뭐냐? 더 정성스럽게 보낼 수 없어? 거기다 '돼'라고 해야지. '되'가 뭐냐? 진주가 어떻게 생각하겠냐? 어휴! 내가 왜 이러지?

'모레 체육대회 첫 예선하잖아'

까맣게 잊고 있었다. 츄크볼 경기에 같이 나가는 애들이 나에게 연습하자고 해도 나는 바쁘다는 핑계를 대면서 연습에 한 번도 참가하지 않았다. 내가 빠졌다고 뭐라고 하려는 걸까? 이럴 줄 알았으면 연습에 부지런히 참가할 걸 그랬다.

'우리 킨볼 쪽도 연습을 제대로 안 했는데 츄크볼 쪽도 제대로 안 했다는 말을 듣고, 내일 같이 모여서 연습하면 어떨까 해서. 그래서 애들에게 쭉 문자 돌리는 중이야'

당연히 연습하러 간다. 츄크볼 모둠끼리만 연습한다면 무슨 핑계를 대서라도 빠지겠지만, 킨볼 모둠과 같이 한다면 무슨 핑계를 대서라도 간다. 왜냐하면 킨볼 선수 가운데 진주가 있기 때문이다. 다른 애들과 같이 만나서 아쉽기는 하지만, 진주가 있는 자리라면 설혹 좀비 떼가 막아서도 가고 말 것이다.

오존의 여랑과 사춘기 로맨스

'시간이랑 장소만 알려저! 마처갈게'

윽, 또 오타다. 다른 애들이랑 문자 주고받을 때는 이런 오타가 아무리 나와도 괜찮았는데 진주와 문자를 나누는데 오타가 나오니 부끄러웠다.

'고마워. 내일 2시, 학교 운동장'

'맞처 갈게'

또 오타다. 어휴, 포기다, 포기!

'내일 봐'

내일 보잔다. 진주가 내일 보자고 한다. 이런 날이 올 줄이야!

나는 얼른 진주 번호를 저장했다. 그리고 주고받은 문자를 읽고 또 읽었다. 가슴이 뛰어서 잠이 안 왔다. 진주와 같이 보내는 시간을 상상하며 비실비실 웃기도 했다. 늦게까지 흥분으로 들떠서 잠을 못 잤는데, 이러다 졸려서 내일 운동장에서 멋진 모습을 보여 주지 못할지도 모른다는 걱정이 들었다. 흥분을 가라앉히고 눈을 감았다. 졸리긴 졸렸는지 금방 잠이 들었다.

오전 내내 나갈 준비를 했다. 연습을 해야 하니 편한 옷이면 되지만 진주를 보러 가는데 아무 옷이나 입을 수는 없었다. 학교 체육복은 입고 싶지 않았다. 나갈 때 입을 옷이 많지 않은데도 옷을 고르는 데 한참 시간을 썼다. 씻고, 얼굴에 선크림을 바르고, 머리를 매만졌다. 양말도 신었다 벗었다를 거듭했다.

"야, 너 체육대회 연습하러 2시까지 간다며, 그런데 오전 내내 뭘 준비를 그렇게 오래하냐?"

한참 나갈 준비를 하는데 누나가 괜히 와서 시비를 걸었다. 이럴 때는 모른 척 대꾸하지 않는 게 낫다.

"어젯밤에도 책만 읽더니, 오늘 오전에는 나갈 준비만 하고, 오후에 체육대회 연습하고, 돌아오면 지치고 힘들어서 숙제하기도 힘들 텐데……. 전에도 학원 숙제 안 해 가서 혼났잖아!"

누나는 자기 공부도 힘들고 바쁘다고 하면서도 자꾸 내 공부에 끼어든다. 누나 말로는 엄마가 내버려두니 자기가 대신 챙겨 준다고 하는데, 그런 챙김은 전혀 받고 싶지 않다.

"웬만하면 가기 전에 숙제하지? 숙제하고 노는 게 낫지 않겠어?"

그냥 끝까지 참아야 했는데 그때 불끈 반감이 들었다.

"놀러 가는 거 아니거든."

"이게 지금 누가 놀러 간다고 뭐라고 해! 왜 남이 한 말을 비틀어? 나 가기 전에 숙제하라고!!! 그게 뭐 틀린 말이야? 너 옛날부터 맨날 숙제가 있어도 놀고 나서 숙제한다고 놀기부터 했잖아. 그때마다 숙제 제대로 했어? 늘 밀리고 제대로 못 했잖아! 그런데 뭐, 놀러 가는 거 아니라고? 이게 아주 웃기고 있어!"

뭐라고 반박하고 싶었지만 그랬다간 더 깨질 듯했다.

"옷이란 옷은 잔뜩 꺼내 놓고, 너 좋아하는 여자애라도 생겼냐?"

"그만하고 내 방에서 나가!"

나는 버럭 화를 내며 누나를 방밖으로 밀어내고는 문을 닫아 버렸다.

"어쭈! 너 엉뚱한 짓 하면 엄마한테 이른다. 잘 생각해!"

정말 못 말리는 누나다. 진주를 만난다는 기대에 잔뜩 설렜는데 누나 때문에 기분이 엉망진창으로 망가졌다. 어떻게든 누나를 눌러 버리고 싶은데 그럴 날이 오기는 올까? 누나가 고등학생일 때는 아무래도 불가능하겠지? 그나저나 고2인데도 이렇게 못됐는데 고3이 되면 어떨지 떠올리기만 해도 끔찍하다.

옷을 다 입고 모든 준비를 마쳤음에도 시간이 한참 남았다. 시간은 많이 남았는데 할 일이 없었다.

'숙제하고 나가라!'

누나 잔소리가 문득 떠올랐다.

'숙제나 할까?'

누나가 지적해서 기분이 나쁘긴 했지만, 나는 늘 숙제하고 놀기보다 놀고 숙제하는 편이었다. 사람이 놀고 싶은데 꾹 참고 숙제하기는 어렵다. 아니 불가능하다. 놀고 싶을 때는 놀아야 한다. 실컷 놀고 나서 숙제를 하면 된다. 놀고 싶은 마음이 가득한데 숙제를 하면 숙제도 제대로 안 된다. 무엇보다 친구들과 함께 놀려면 때를 맞춰야 한다. 숙제하고 나서 놀려고 하면 친구들과 시간을 맞추기 어렵다. 물론 누나 말처럼 숙제를 나중으로 미뤘다가 가끔 못 한 적은 있다. 그러나 그런 일은 어쩌다 한 번이다. 나는 늘 놀고 숙제하는 게 훨씬 만족스러웠다.

내가 이렇게 말하면 누나는 나한테 뭐라고 반박을 할까? 누나가 하는 반박을 나는 다시 반박할 수 있을까? 진주는 어느 쪽일까? 숙제를 하고 놀까, 놀고 숙제할까? 아무래도 진주는 숙제하고 노는 쪽일 듯하다. 언제나 성실한 애이니 숙제를 미룰 리가 없다. 그럼 나는 불성실한

편인가? 꼭 그렇지는 않다. 나도 나름 성실하다. 이건 성실함과는 관계가 없다. 어느 쪽이 더 나은 선택인지를 따질 문제일 뿐이다. 다른 애들은 어떨까? 태규는 물론 나와 생각이 같겠지만, 다른 애들은 어떨까? 이걸로도 동아리에서 토론을 해보면 재미있겠다는 생각이 들었다.

자꾸 토론할 주제들이 떠오른다. 『1984』 2부에서는 토론 주제를 뽑아내지 못했다. 책에서는 토론 주제를 뽑기가 어려운데 일상생활에서는 계속 토론 주제가 생각났다. 옛날에는 이런 문제로 고민해 본 적이 없다. 그냥 하면 하는 거였다. 놀고 숙제할지, 숙제하고 놀지를 두고 고민하지 않았다. 그냥 내키는 대로 놀고 숙제했을 뿐이다. 눈앞에서 하지 못할 말은 뒤에서도 하지 말라는 엄마 말을 믿었기에 그냥 싫은 감정이 들면 그 사람 얼굴에 대고 바로 말했다. 그냥 그렇게 살아왔다. 한 번도 내가 하는 행동이 옳은지, 그른지를 깊이 따져 보지 않았다.

그런데 토론 동아리에 들면서 자꾸 따지게 된다. 어쩌면 내가 아무 생각 없이 하는 수많은 행동과 선택들을 하나씩 따져 보면 옳지 못하거나, 바람직하지 못한 것들이 아주 많을지도 모른다. 그런 선택들을 곰곰이 따져서 더 옳고, 바람직한 쪽으로 바꾸면 내 삶은 어떻게 될까? 상상을 해도 잘 그려지지 않는다. 지금보다 훨씬 멋있는 삶이 될 것 같기는 한데 그게 어떤 모습일지는 잘 모르겠다.

아무튼 딱히 숙제를 안 할 이유가 없었다. 숙제를 먼저 해야 한다는 누나 논리를 반박할 알맞은 근거를 찾지도 못했기에 숙제를 하기로 했다. 옳다는 판단이 들면 해야 하고, 옳지 않은 일은 어쩔 수 없는 상황이 아니면 하면 안 된다. 나는 말과 행동이 다른 애들은 질색이다. 숙제를 하려고 자리에 앉기는 했는데 진주를 만날 기대감 때문인지 별로 문제를 풀지는 못했다. 자리에 앉아 있는 시간은 꽤 길었는데 그에 견줘 효율은 별로 없었다. 아무래도 숙제하고 놀기보다 놀고 숙제하는 게 더 나은 듯했다. 설레는 일을 앞두고 따분한 일을 하면 효율도 떨어지고, 안 그래도 따분한 일이 더 꺼려진다. 설레는 일을 먼저 하면 마음이 가벼워지기에 따분한 일을 하기 싫은 마음도 줄어든다. 역시 그동안 내가 해왔던 방식이 더 옳았다. 아니, 옳다기보다 나에게 더 맞았다. 다른 애들은 어떨지 모르지만.

숙제는 얼마 하지도 못하고 오후 2시가 되기 10분 전에 집을 나섰다. 더 빨리 나갈 수도 있었지만 일부러 그 시간에 나갔다. 2시에 딱 맞춰서 운동장에 가니 츄크볼과 킨볼 경기에 나가는 애들은 한 명 빼고 다 나와 있었다. 그런데 진주가 보이지 않았다. 애들에게 진주가 어디 있는지 물어보려는데 체육관 쪽에서 진주가 다른 애 한 명과 함께 연습할 때 쓸 도구와 공을 들고 나타났다. 진주는 흰색 운동화에 짧은 흰 양말을 신고, 예쁜 종아리 모양이 그대로 드러난 까만 체육복 바지에 하늘색 반팔 옷을 입었다. 운동하는 데 방해되지 않게 긴 머리는 단정하게 뒤로 묶었다. 발끝에서 머리끝까지 다 예뻤다. 다른 애들이 모두 사라지고, 오직 진주만 있다면 얼마나 좋을까? 이루어질 수 없는 상상이었지만 상상만 해도 설렜다.

츄크볼과 킨볼에 쓰는 공과 도구도 있으니 실제 경기처럼 연습이 가능했다. 먼저 츄크볼부터 연습했는데 체육 시간에 많이 해봤기 때문에 어렵지 않았다. 킨볼 모둠 애들이 맞상대를 해 주었는데 나는 일부러 진주 가까운 곳에서만 움직였다. 가끔 진주와 슬쩍 스치기도 했는데, 그럴 때마다 온몸에 전기가 통하는 기분이었다. 물론 그 바람에 잡을 수 있는 공을 여러 번 놓쳤다. 경기가 아니라 진주에게만 집중하니, 경기가 제대로 풀릴 리 없었다.

"우리한테도 지면 어떡해? 제대로 좀 해봐."

진주가 정색을 하고 우리를 나무랐다.

갑자기 정신이 번쩍 들었다. 내가 이럴 때가 아니었다. 진주 꽁무니 쫓아다니다 운동도 제대로 못 하는 남자로 찍히기는 싫었다. 두번 째 연습에서 나는 제대로 내 실력을 보여 주었다. 펄펄 날아다녔다. 상대가 잡기 어려운 쪽으로 정확하게 공을 던졌고, 상대 공격을 예상해서 몸을 미리 움직였다. 내 활약으로 킨볼 애들을 압도하며 승리했다.

"윤호, 짱인데."

"너 때문에 우리가 우승할 수도 있겠다."

이런 말을 들으면 저절로 들뜨기 마련이다. 더구나 진주까지 나를 추켜세우니 더할 나위 없이 기뻤다.

츄크볼 연습이 끝나고 킨볼 연습을 도왔다. 킨볼은 세 모둠이 펼치는 경기였기에 츄크볼 하는 애들을 둘로 나눠서 연습을 도왔다. 나는 무리하지 않고 적당히 움직이며 이번에도 되도록 진주 가까운 곳에 머물렀다. 킨볼 모둠 실력은 형편없었다. 잡을 수 있는 공을 툭하면 놓쳤고, 공격 방향이 뻔히 보이는데도 그쪽으로 미리 움직이지 않았고, 약점이 있는 상대 이름을 불러서 공격해야 하는데 공을 잡기 좋은 자리인 상대한테 공격했다. 내가 나서서 훈련이라도 시켜 주고 싶었지만 내가 킨볼 모둠이 아니니 어떻게 할 길이 없었다. 내가 왜 그때 킨볼 모둠에 들어가지 않았는지 참으로 후회스러웠다. 그때 킨볼을 하겠다고 했으면, 진주와 같이 더 많은 시간을 지내고, 진주에게도 더 잘 보일 수 있었는데 말이다.

연습을 다섯 시까지 하고 집으로 오다가 태규를 만났다. 다른 애들과 게임을 하고 집으로 돌아오는 길이라고 했다.

"그나저나 너 얼굴이 왜 그래?"

태규가 내 얼굴을 뚫어져라 보며 말했다.

"얼굴에 뭐라도 묻었냐?"

"그게 아니고, 기분 좋아 보여서. 너 설마?"

"다른 애들이랑 다 같이 운동장에 모여서 연습했어, 연습! 내일 츄크볼이랑 킨볼 예선하잖아."

"킨볼 애들이랑 같이 연습했어?"

나는 애써 아무렇지 않은 척하며 고개를 끄덕였다.

"진주도 킨볼 선수지?"

"그렇……겠지."

어설픈 답변이었다.

"크크크, 어쩐지. 그래서 그렇게 입이 찢어졌군. 그나저나 너 조심해라!"

"뭘, 조심해?"

다른 애들에게 들키면 안 되는 건 나도 안다. 그럼에도 일부러 모른 척하며 쏘아붙였다.

"너 입 그렇게 찢어지다간 베트맨에 나오는 조커 된다. 큭큭큭!"

"야, 이게, 정말!"

태규를 한 대 치려니 태규가 혀를 삐죽 내밀고는 냅다 도망쳤다. 나는 있는 힘껏 태규를 쫓았다. 그러면서 진주에게 내 마음을 들키는 게 더 나을지도 모른다고 생각했다. 진주가 내 마음을 알게 되면, 진주가 나를 어떻게 여기는지 나도 알게 될 테니까.

다음 날, 츄크볼과 킨볼 예선전이 벌어졌다. 안타깝게도, 아니 정말 열받게도, 츄크볼 첫 경기에서 졌다. 그것도 내가 가장 지기 싫어하는 상대, 바로 찬기한테 졌다. 진주가 팔짝팔짝 뛰면서 소리까지 지르며 응원했는데, 지고 말았다. 죽기로 뛰었는데 졌다. 나는 정말 부지런히 했다. 실력도 제대로 발휘했다. 그러나 혼자 힘으로는 어려웠다. 찬기네 반은 훨씬 준비를 잘했고, 손발이 척척 맞았다. 찬기는 나 못지않게 운동을 잘했다. 어쩌면 나보다 더 잘하는지도 모르겠다. 왜 첫 경기를 찬기네 반과 붙었는지 모르겠다. 이게 다 그 어리벙벙한 반장 때문이다. 어리벙벙 반장이 제비뽑기만 잘했어도 진주 앞에서 이런 굴욕을 겪지는 않았을 텐데 말이다. (제비뽑기였는데 왜 반장 탓을 하냐고 따질 사람이 있겠지만, 이럴 때는 논리가 아니라 감정이 먼저다. 열받는데 논리가 무슨 소용인가?)

츄크볼 뒤에는 킨볼 예선이 펼쳐졌다. 그런데 킨볼 선수로 태규가 나갔다. 태규는 선수가 아니었는데 다른 한 애가 아파서 뛸 수 없는 바람에 대신 태규가 나간 것이다. 태규는 동수가 낀 반이랑 시합을 했는데

호훈의 여랑과 사춘기 로맨스

아주 싱겁게 끝났다. 동수네 반은 운동을 못하기로 유명하다. 어리벙벙 반장이 킨볼 제비뽑기는 잘했나 보다. 그렇게 생각하니 더 열받았다.

예선이 끝나고 집으로 돌아오는 내내 태규가 잘난 척하며 나를 놀렸다. 나는 화가 잔뜩 나서 대꾸도 안했다. 그러다 태규가 깜짝 놀랄 말을 했다.

"야, 경기도 지고, 여자도 빼앗기게 생겼으니……."

여자를 빼앗기다니, 모른 척할 수 없는 말이었다.

"그게 무슨 소리야?"

"너 소문 못 들었어?"

가슴이 철커덩 무너지는 소리가 들렸다.

"둘이 썸 탄다는데……."

설마? 믿을 수가 없었다.

"몰랐어? 알 만한 애들은 다 아는데."

아~~~~~ 미치겠다. 츄크볼도 지고, 논리도 안 되고, 공부는 더 안 되고, 이젠 진주도 빼앗길 위기다. 찬기는 공부도 잘하고, 말도 잘하고, 키도 크고, 얼굴도 잘 생기고, 집도 부자고, 거기에 여자들에게 인기도 많다. 거의 모든 걸 가진 애가 이제는 진주까지 차지하려고 한다.

"우리 학교에서 가장 인기 좋은 남학생과 우리 학교에서 가장 무서운 여학생이 사귀다니……."

"사귀긴 뭘 사귀어?"

나는 태규 말을 확 끊었다.

"썸이 사귀는 거냐? 썸은 썸일 뿐이야!"

괜히 잘못도 없는 태규에게 버럭 짜증을 냈다.

내 인생 최대 적은 누나인 줄 알았는데, 찬기야말로 내 인생 최대 강적으로 떠올랐다. 왜 그런 엄청난 애가 내 적이냐고~~!!!

으~~~~~~~~~~~~~~

악~~~~~~~~~~~~~~~~~~~~~!!!!!!

07

한 우물을 파야 할까?

처음 찬기와 진주가 썸을 탄다는 말을 들었을 때는 돌아버릴 지경이었지만, 시간이 지나니 차분해졌다. 아직 썸을 타는 정도라면 기회는 있다. 아직 둘이 사귀는 건 아니니 내게도 가능성은 있기 때문이다. 내가 알기로 찬기를 좋아하는 여자애들이 꽤 많다. 현경이도 그 가운데 한 명이다. 우리 학교 학생들은 다 아는 사실이니 당연히 진주도 알 것이다. 많은 애들이 찬기를 좋아하는 상황에서 진주같이 깐깐한 애라면 찬기와 썸은 타더라도 쉽게 사귀지는 않으리라 판단했다. 물론 내 희망사항일지도 모른다. 그렇지만 작은 희망이라도 희망이 있다면 포기는 이르다. 포기는 배추 셀 때나 쓰라는 아재 개그도 있지 않은가?

찬기를 진주에게서 떼어낼 수만 있다면 못된 음모라도 쓸 생각이었다. 막장 드라마를 보면 자신이 미워하는 상대를 무너뜨리려고 못된 짓을 꾸미는 악역이 꼭 등장한다. 드라마를 볼 때는 그 악역을 욕했지만,

내가 그 처지가 되고 보니 악역이 꼭 나쁘다는 생각이 들지는 않았다. 사랑을 쟁취하려면 적당히 나쁜 짓은 해도 된다. 내가 사랑하는 여자를 빼앗기게 생겼는데, 무슨 짓인들 못 하겠는가? 나는 그 이느 때보다 승부욕에 불타올랐다.

아무리 강해도 약점은 있기 마련이다. 약점을 파고들어 뒤흔들어야 한다. 게임을 할 때 상대가 강해 보이면 정면 승부보다 탄탄히 빙어를 하면서 상대의 약점을 치고 들어가야 승리한다. 다른 쪽은 몰라도 게임은 내가 찬기보다 잘한다. 진주를 놓고 찬기와 내가 게임을 벌인다고 생각하면 된다. 그럼 내가 이긴다. 드라마를 보더라도 멋진 남자보다 조금은 모자라 보이는 남자가 예쁜 여자 주인공 짝이 된다. (슬프고 안타깝지만, 내가 찬기보다 못났다는 사실은 인정할 수밖에 없다.) 꼭 이기고 말겠다. 아니, 꼭 이겨야 한다!!!

나는 그날부터 틈만 나면 찬기를 살피고, 정보를 모으며 약점을 찾았다. 알면 알수록 완벽한 놈이었다. 그러다 체육대회가 열리는 목요일에 찬기 약점을 알아냈다. 알아냈다기보다 깨달았다고 하는 말이 더 맞았다. 이미 알고 있는 사실이었는데, 그게 굉장한 약점이라는 걸 체육대회 때 깨우쳤다. 강점이 곧 약점이었다.

체육대회에서 찬기는 아주 날아다녔다. 운동을 정말 잘했다. 운동선수만큼은 아니지만 키 크고, 공부 잘하고, 잘생겼는데 운동도 꽤 하니 더 뛰어나 보였다. 물론 나도 찬기 못지않게, 아니 찬기보다 더 운동을 잘한다. 그렇지만 나처럼 평범한 애는 운동을 잘한다고 그리 돋보이지 않는다. 찬기는 체육대회에서 빛나는 주연이었고, 반 종합 우승도 이끌었다. 어리벙벙한 반장을 대신해 온갖 열정을 쏟으며 우리 반을 이끈 진주는 우리 반이 종합 3위에 머물자 굉장히 아쉬워했다. 츄크볼에서 찬기한테 내가 지지 않았다면 우리가 종합 우승이었기에 괜히 진주에게 미안했다. 아무튼 찬기가 맹활약하면서 우승을 이끈 탓에 안 그래도 빛나던 찬기는 더욱 빛나는 별이 되었다. 나는 체육대회가 열리는 내내 진주와 친가를 번갈아가며 관찰했는데, 진주에게는 나밖에 없었지만 찬기에게는 무수한 여학생들의 눈이 붙어 다녔다. 찬기와 진주는 썸이라고 하는데 서로 눈길조차 주고받지 않았다.

'바로 저거다!'

나는 체육대회에서 네 가지 수확을 얻었다. 첫째, 찬기와 진주가 썸이라고는 하지만 둘 사이가 깊지 않으며, 사귀는 단계는 확실히 아니라는 사실이다. 내게는 큰 위안이었다. 둘째, 찬기는 지나치게 인기가 좋아서 많은 여학생들이 찬기를 짝사랑한다는 점이다. 소문으로 들어서 알고는 있었지만 체육대회에서 꼼꼼히 관찰해 보니 상상을 넘어서는 수준이었다. 셋째, 찬기도 여학생들이 자기를 좋아하는 분위기를 은근히 즐긴다는 것이다. 분명히 진주와 썸을 타는데도 다가오는 여학생들을 밀어내지 않고 받아들였으며, 몸짓이나 얼굴빛이 즐기는 기색이 뚜렷했다.

둘 사이가 그리 깊지 않고, 찬기를 좋아하는 여학생들이 많고, 찬기가 자기 인기를 은근히 즐긴다면, 진주와 찬기 사이를 멀어지게 할 방법은 그리 어렵지 않을 수도 있다. 아주 못된 흉계를 꾸미지 않아도 될 듯했다. 그리고 체육대회에서 거둔 넷째 수확은 바로 찬기와 진주 사이를 뒤흔들 아주 좋은 무기를 찾아냈다는 것이다. 나도 내가 그렇게 빨리 무기를 찾을 줄은 몰랐다. 사람이 간절해지면 길이 열린다는 말은 진짜였다.

내가 찾아낸 무기는 바로 현경이었다. 나와 동아리를 같이 하는 현경이가 찬기를 속으로 좋아하는 줄은 알았지만 어느 정도인지는 잘 몰랐다. 그러다 체육대회에서 현경이가 보여 준 모습을 보고 나는 속으로 만세를 불렀다. 현경이는 아주 얌전한 모범생이다. 조금도 나쁜 짓을 하지 않고, 말도 차근차근 하고, 욕은 전혀 할 줄 모르며, 남들 앞에 나서지 않고, 선생님이 시키는 일은 한 치도 어긋남이 없이 한다. 그런 현경이기에 찬기를 좋아하는 마음이 있더라도 겉으로는 잘 드러내지 않으리라 여겼다. 그런데 아니었다.

체육대회에서 본 현경이는 그 어떤 여학생보다 찬기를 좋아하는 감정을 적극 드러냈다. 찬기가 나서면 자기 반과 붙어도 찬기를 응원하였고, 어떻게든 틈만 나면 찬기와 가까이 있으려고 했다. 무엇보다 진주가 나간 킨볼 선수로 현경이도 나왔는데 틈만 나면 진주를 밀어붙여서 웬만하면 짜증을 안 내는 진주가 몇 번이나 현경이를 째려보기까지 했다. 그러거나 말거나 경기 내내 현경이는 진주를 끊임없이 괴롭혔다. 우리 학교에서 여학생과 남학생을 떠나 진주에게 그런 식으로 달려드는 애는 아무도 없다. 그랬다가는 진주에게 나중에라도 된통 당하기 때문이다. 진주가 어떤 애인지 잘 알면서도 현경이가 달려드는 까닭은 뚜렷했다. 바로 찬기 때문이었다. 현경이도 찬기와 진주가 썸을 탄다는 소문을 듣고, 진주를 경계하고 미워하는 마음이 들어서 경기 내내 진주를

괴롭힌 것이다. 물론 경기는 진주가 이겼다. 역시 진주다. 진주는 운동
도 잘한다.

진주를 괴롭히는 현경이가 미워서 앙갚음을 해 주고 싶었지만, 찬기
와 진주 사이를 뒤흔드는 데 현경이만한 애가 없기에 꾹 참았다. 다른
여학생들은 찬기를 좋아하면서도 진주 눈치를 보느라 감히 다가들지
못하겠지만, 현경이는 진주 눈치를 보지 않고 찬기에게 달려들 만한 무
모함이 보였다. 저런 무모함이라면 찬기와 진주 사이를 흔드는 무기로
딱 알맞다. 찬기를 향한 현경이 마음이 간절하다면 툭 건드려 주기만 해
도 현경이는 진주와 찬기 사이로 뛰어들 테고, 그러면 둘 사이는 뒤흔
들릴 수밖에 없다. 진주로서는 썸을 타는 찬기한테 현경이가 적극 달려
들고, 자신을 경계하고 시비를 걸어 온다면 기분이 나빠질 테고, 그러
다보면 썸이 깨질 수도 있다. 사귀는 사이가 아니므로 현경이도 나쁜 짓
을 하는 것은 아니다.

생각이 이쯤 이르자 나는 곧바로 움직였다. 머뭇거릴 때가 아니었다.
때마침 체육대회 다음 날인 금요일에 동아리 모임이 열린다. 그때를 놓
치면 다시 일주일을 기다려야 한다. 나는 점심시간에 틈을 봐서 혼자 있
는 현경이에게 말을 걸었다. 아주 우연히 지나가다가 만나는 척 연기를
했다. 같은 동아리원이니 내가 현경이에게 말을 건다고 해서 이상하게
볼 사람은 없었다.

"1984 다 읽었어?"

나는 같은 동아리원답게 책 얘기부터 꺼냈다.

"응."

새침한 말투가 딱 현경이다.

"너한테 물어보고 싶은데, 너는 윈스턴이 줄리아를 배신했다고 생각해?"

『1984』에서 윈스턴은 줄리아와 금지된 사랑을 한다. 빅브라더가 다스리는 오세아니아 제국에서는 그 어떤 사랑도 안 된다. 오직 빅브라더만 사랑해야 한다. 윈스턴과 줄리아는 금지된 사랑을 했고, 사랑을 한 대가는 감금과 고문이었다. 윈스턴과 줄리아는 서로 배신하지 않으려고 애쓴다. 그러나 윈스턴은 자신이 가장 무서워하는 쥐가 고문 도구로 쓰이자 가차 없이 줄리아를 팔아 버린다.

'이 고문을 줄리아에게 하세요, 줄리아에게 하라고요! 그 여자 뼈를 발라 버리던 얼굴 가죽을 벗기던 마음대로 해요. 제발 나 말고 줄리아에게!'

그 뒤 다시는 윈스턴은 줄리아를 사랑할 수 없다. 그쯤에서 멈추지 않는다. 윈스턴은 모든 자아를 잃어 버린 채, 철저히 오세아니아 제국만 섬기고 빅브라더만 사랑하는 사람이 되고 만다. 잔인한 고문을 당하다 마침내 사랑하는 여자에게 고문을 하라며 무너진 윈스턴은 과연 줄리아를 배신했을까? 이게 내가 『1984』 뒷부분을 읽으며 찾아낸 질문이었다.

"잘 모르겠는데, 생각 안 해봐서."

현경이는 내 질문에 별 성의를 보이지 않았다.

"둘 다 목숨걸고 사랑했고, 배신하지 않기로 맹세했는데, 고문을 당한다고 그런 식으로 사랑하는 여자를 버려도 되는 걸까?"

"글쎄."

여전히 성의가 없었다. 이 문제로 토론하려고 말을 건 게 아니기 때문에 나는 내 목표를 향해 거침없이 나아갔다.

"넌, 어때? 사랑을 하면 고문을 당할 수도 있는데, 그런 걸 알면서도 사랑하는 사람이랑 사귀고 싶어?"

현경이를 옭아맬 미끼를 던졌다. 제발 걸려들어라!

"……?"

현경이는 대답은 않고 나를 빤히 쳐다봤다. 내가 왜 이런 말을 하는지 영문을 모르겠다는 표정이었다.

'왜 이런 걸 물어보는지 모르겠지?'

현경이처럼 얌전한 모범생이니 이런 얕은 수에도 걸려든다. 나 같은 사람은 죽었다 깨어나도 이런 얕은 수에는 안 걸린다. 그러나 상대는 순진한 모범생인 데다 사랑에 눈이 먼 현경이다.

잠깐 나를 빤히 보던 현경이 느릿하게 입을 열었다.

"그래도… 해야지."

"목숨이 걸렸는데도?"

"사랑하잖아."

현경이답지 않게 단호한 답변이었다.

드디어 걸려들었다. 이제 당기면 된다.

"에이, 정말 닥치면 못 할 거면서."

마지막 미끼다. 물어라!

"왜 못해? 하면 되지!"

"그럼 왜 찬기 좋아하면서 좋아한다는 말은 못해?"

결정타를 날렸다.

내 기대대로 현경이 얼굴빛이 확 바뀌었다. 처음에는 놀라더니, 다음에는 당혹해 하고, 그다음에는 경계를 했다. 그러고는 몰라보게 침착해졌다.

"찬기와 진주가 썸 탄다고 하지 않았어?"

냉정한 말투였다. 현경이에게서 이런 말투를 듣게 되리라곤 미처 예상 못했다.

"진주 같은 애를 어떤 남자가 좋아하냐?"

윽, 이런 말을 하면 안 되는데……. 꾹 참자! 이건 게임이다. 승리를 위해서라면 내가 나를 까도 된다. 나는 진주를 사랑하고, 진주와 사귀기 위해서라면 그 어떤 말도 참고 내뱉어야 한다.

"다 거짓말이야. 나도 궁금해서 알아봤는데, 애들이 오해해서 생긴 소문이래."

물론 거짓말이다. 우울하고 씁쓸하지만, 둘은 썸을 타고 있다. 아니라고 믿고 싶었지만 알아보면 알아볼수록 확실한 사실이었다.

"그래?"

현경이 눈에서 빛이 번쩍였다.

아마 사랑에 눈이 멀지 않았다면 현경이가 내 말을 곧이곧대로 믿지 않았겠지만, 사랑에 눈이 먼 현경이에게 내 말이 얼마나 반가웠겠는가? 내가 현경이 마음을 안다. 찬기와 진주가 썸을 타는 사이가 아니라고, 누가 내게 말해 주면 정말 좋겠다.

내 거짓말을 더욱 믿게 만들 말을 하려는데 다른 애들이 몰려와서 그 말은 할 수가 없었다. 나는 씩 웃어 보이고 물러났다. 마지막 말은 못했지만 내가 던진 미끼를 현경이가 물고, 내가 바라는 대로 움직이리란 확신이 들었다.

자, 지현경! 이제 네 감정이 시키는 대로, 네 열망이 가리키는 방향을 향해서 돌진하면 돼! 알았지? 머뭇거리지 마! 그랬다간 너는 네가 사랑하는 찬기를 놓치게 될 거야! 한편으로는 조금 미안했다. 순진한 현경이를 못된 일에 끌어들인 기분이 들었기 때문이다. 그러다 조금 따져 보니 미안할 까닭이 없었다. 현경이는 찬기를 좋아하고, 나는 진주를 사랑한다. 현경이가 찬기에게 다가가서 찬기와 사귀게 되고, 내가 진주와 사귀면 더할 나위 없이 딱 좋다. 그러니 현경이에게 미안해 할 까닭이 없을 뿐 아니라, 도리어 현경이가 나에게 고마워해야 한다.

동아리 모임 때 현경이는 누가 보더라도 알아차릴 만큼 찬기에게 다가들었다. 찬기 바로 옆에 앉아서 찬기를 빤히 바라보고, 이것저것 챙겨 주기도 했다. 토론을 할 때면 대놓고 찬기 편을 들었고, 찬기에게 반대 의견을 제시하는 사람이 나타나면 찬기보다 더 나서서 반박했다. '얌전한 고양이가 부뚜막에 먼저 올라간다'는 속담 속 그 얌전한 고양이가 현경이었다.

그런데 찬기는 현경이가 달려드는 걸 마다하지 않았다. 은근히 즐기는 기색까지 엿보였다. 썸을 타는 여학생이 바로 맞은편에 앉아서 지켜보는데도 저러다니, 아주 못된 놈이었다. 내가 찬기와 같은 처지라면 나는 절대 안 그런다. 나라면 현경이가 서운하다 못해 서럽다고 느낄 정도로 매몰차게 대할 것이다. 아무래도 찬기는 진주처럼 멋진 여자에게 어울리지 않는다. 도대체 진주는 저런 놈이 뭐가 좋을까? (아, 찬기에겐 좋은 점도 많고 잘난 점은 더 많지. 내가 과하게 나갔다.)

진주는 찬기 맞은편에 앉았는데 동아리 모임 내내 불편해 했다. 보고 싶지 않아도 볼 수밖에 없는 자리였고, 모른 척하려 해도 그럴 수 없을 만큼 현경이가 대놓고 찬기에게 다가들었기 때문이다. 더구나 찬기가 은근히 즐기는 모습까지 보이니 진주로서는 불쾌할 수밖에 없었다. 진주처럼 자존심 강한 애가 이런 일을 당하면 다른 애들보다 더 불쾌할 수밖에 없다. 진주는 애써 불쾌함을 감추려 했지만, 아무리 진주라도 다 감추지 못했고, 내 눈에는 진주 속마음이 다 보였다. 작전은 대성공이었다. 나는 내 음흉한 음모가 맞아 들어가는 상황을 마음껏 즐겼다.

다음 주가 되자 현경이가 찬기를 좋아한다는 얘기가 애들 사이에 쫙 퍼졌다. 애들은 진주 눈치를 보며 진주 모르게 뒤로 조용히 소문을 나눴다. 소문은 빨랐고 퍼지면서 몸집을 불렸고, 모습을 바꾸었다. 어느새 찬기가 양다리를 걸친다는 소문까지 돌았다. 찬기가 양다리를 걸친다는 소문이 돌 줄은 나도 전혀 예상하지 못했는데, 소문이 참 무서움을 느꼈다.

찬기, 현경이, 진주는 같은 반이 아니었다. 그래서 일부러 찾아가지 않으면 학교에서 마주치기는 어려웠다. 밖에서 진주와 찬기가 어떻게 만나고 어떤 이야기를 나누는지는 전혀 알 수 없었지만, 학교 안에서는 둘이 만나지 않았다. 현경이와도 마찬가지였다. 미묘한 공기가 학교에 흘렀고, 나는 그 흐름이 어느 방향으로 가는지 긴장하며 살폈다. 꼼꼼하게 살폈지만 그다음 금요일 동아리 모임까지 별다른 일은 없었다.

다시 동아리 모임, 현경이는 또다시 찬기 옆에 앉았고 진주는 그 맞은편에 자리잡았다. 찬기는 아무렇지 않은 표정이었고, 진주는 애써 괜찮은 척했지만 딱딱하게 굳었고, 현경이는 해맑게 웃으며 찬기에게 친근하게 대했다. 애들 사이에 도는 소문을 아는지 모르는지 알 수 없지만 찬기를 대하는 현경이에 태도에서 부쩍 자신감이 넘쳐났다. 내가 알던 현경이가 맞나 싶을 정도였다. 정혜는 세 사람 눈치를 보며 긴장한 기색이 역력했지만, 수학과 과학밖에 모르는 동수는 동아리원들끼리 벌어진 일에는 관심이 없는 듯 여전히 맥락 없이 과학과 수학 이야기만 늘어놓았다.

긴장이 감도는 가운데 『노인과 바다』에서 뽑은 주제를 두고 토론을 벌였다. 토론은 지난번과 달리 활발하지 않았다. 찬기는 지난 모임과 똑같이 앞장서서 주장을 펼쳤지만 제대로 반박하는 애들이 없었다. 동수가 맞장구를 치거나 맞대응을 하기는 하는데 동수 말은 늘 엉뚱해서 토론에 방해만 되었다. 진주는 모임을 진행하기만 할 뿐 토론할 때는 한마디도 하지 않았다. 오랫동안 진주를 지켜봤는데 그런 모습은 처음이었다. 그만큼 기분이 상했다는 증거였다. 현경이는 대놓고 찬기만 보고, 찬기 의견을 따랐다. 정혜는 진주와 현경이, 찬기를 번갈아 살피며 가끔 입술을 깨물었다. 가만히 현경이를 노려보기도 했다. 진주와 단짝처럼 같이 지내는 정혜로서는 현경이가 고깝게 보일 수밖에 없었다.

나는 가만히 상황을 살피며 찬기와 진주 사이를 더욱 벌릴 기회만 노렸다. 둘 사이가 흔들릴 때 확 틈을 벌려서 아예 깨 버려야 하기 때문이다. 썸을 탈 때는 달달함이 최고조로 오르지만, 안 좋은 일이 생기면 그만큼 쉽게 멀어지기도 한다. 어차피 사귀기로 하지 않은 상황이기에 멀어지기도 쉽다. 물론 요즘 애들이야 사귀는 사이가 되어도 쉽게 헤어지긴 하지만 아무리 그래도 사귈 때보다 썸을 탈 때 깨지기 더 쉽다. 작은 꼬투리만 생기면 잡고 마구 뒤흔들어 찬기와 진주 사이를 더욱 벌려 놓겠다고 별렀지만, 아쉽게도 쥐꼬리만 한 꼬투리도 잡기 어려웠다.

모임을 한참 하는데 박정훈 선생님이 들어오셨다. 모든 동아리에서 진로와 관련한 주제로 이야기를 나누라는 교장선생님 지침이 내려왔기 때문이라고 하셨다. 한참 답답한 분위기가 이어지던 터라 애들은 박정훈 선생님을 무척 반겼다. 물론 나는 전혀 반갑지 않았다. 내가 박정훈 선생님을 싫어해서는 아니다. 선생님 앞에서 찬기와 진주 사이를 대놓고 흔들기가 껄끄럽기 때문이다.

"진로와 관련해서 어떤 이야기를 할지 고민했는데, 아무래도 토론 동아리이니만큼 토론이 좋겠다는 생각이 들었어. 그래서 진로와 관련한 토론 주제를 몇 가지 뽑아 왔는데, 괜찮지?"

안 그래도 토론이 잘 되지 않았던 터라 다들 좋다고 했다.

"첫 주제는 돈과 직업이야. 자신이 바라는 직업이 있는데 돈은 얼마 못 벌어, 다른 직업은 돈은 많이 버는데 자신이 하고 싶은 일은 아니야. 내가 바라는 직업과 돈을 많이 버는 직업 가운데, 어떤 직업을 택할 거야?"

박정훈 선생님께 죄송하지만 나는 토론 주제를 듣고 헛웃음이 나왔다. 애들이 내놓을 답이 뻔하기 때문이다. 정말 상황이 닥치면 어떤 선택을 할지는 모르지만, 이런 자리에서 애들이 할 답은 정해져 있다. 돈을 내세우면 토론에서 불리하기도 하고, 정답이 무엇인지 이미 수없이 배웠기 때문이다. 돈을 앞세우면 틀린 답이라고 배웠는데 돈을 선택하겠다고 대답할 배짱을 지닌 학생은 거의 없다. 또래들끼리 있을 때도 힘든데 선생님 앞에서는 더더욱 힘들다. 그러니 선생님 질문은 알맞지 않다. 3주 동안 책을 읽으며 토론 주제를 뽑아내려고 씨름을 하다 보니 어떤 주제가 토론하기 알맞은지 어림하는 재주가 생겼는데, 아무리 따져 봐도 선생님이 내놓은 주제는 알맞지 않았다. 내 짐작대로 선생님이 처음 내세운 주제로는 토론이 제대로 되지 않았다. 모두 똑같은 의견을 냈고, 근거도 별다를 게 없었다.

"의견이 다 똑같다니…… 나는 치열하게 토론을 벌일 줄 알았더니……."

박정훈 선생님이 입맛을 다셨다.

아무리 봐도 선생님들은 아직 우리를 잘 모른다. 정답을 고르는 데 익숙한 우리에게 이런 질문은 하나 마나다.

"주제야 많으니…… 다음으로 넘어가자."

박정훈 선생님은 손에 든 쪽지를 슬쩍 보더니 말을 이었다.

"우리 속담에 '한 우물을 파라'는 말이 있어. 선조들로부터 내려오는 속담인데, 이 속담이 과연 오늘날에도 타당할까?"

우물을 파다니, 무슨 뜻이지? 나는 한 우물을 판다는 속담에 담긴 뜻을 제대로 헤아리지 못했다. 삽 들고 우물 파는 모습만 떠올랐다. 그런 고생은 하고 싶지 않았다. 애들이 발표하는 의견을 들은 뒤에야 이 속담이 진로와 얽힌 주제임을 알아차렸다. 내 이해력이 이런 속담도 헤아리지 못하는 수준이라니, 모자란 내 머리가 한심했다. 엄마와 아빠를 보면 꽤나 똑똑한데 왜 내 머리는 그에 못 미치는지 모르겠다. 누나는 엄마와 아빠 머리를 물려받았다. 됨됨이는 깡패 저리가라 할 정도로 삐뚤어졌는데, 머리는 정말 똑똑하다. 아무래도 내가 받을 똑똑함까지 누나가 먼저 태어나면서 미리 몽땅 가져가 버린 보양이다. 가져갈 게 없어서 내 지능까지 빼앗아 가다니, 아무리 좋게 봐주려 해도 누나는 내 원수다.

"저는 한 우물을 파기보다 여러 우물을 파야 한다고 생각합니다."

이번에도 찬기가 먼저 나섰다. 저 녀석은 무슨 일이 닥치든, 어떤 문제가 주어지든 머뭇거리지 않는다. 겁이 없는 건지, 잘난 척하고 싶은 건지 모르겠다. 누나도, 찬기도 꼴 보기 싫다.

찬기　한 우물만 파서 성공하면 좋겠지만, 오늘날에는 한 우물만 파서 꼭 성공한다는 보장이 없습니다. 우물을 파는 곳에서 물이 나올지 안 나올지도 모르고, 나온다면 좋은 물일지 아닐지, 많이 나올지 적게 나올지 모릅니다. 요즘처럼 불확실한 시대에는 여러 우물을 파야 한다고 봅니다.

"저도 찬기 의견에 동의합니다."

찬기가 말을 끝마치자마자 이번에도 현경이가 나섰다. 진주와 정혜가 노려보았지만 현경이는 아랑곳하지 않았다.

현경   사람이 살면서 여러 가지 경험을 해야 합니다. 한 우물을 파면
       실패할 가능성이 높습니다. 많은 경험을 하고, 여러 우물을 파
       다 보면 성공 가능성이 높다고 봅니다.

찬기와 현경이가 같은 의견을 제시하니 분위기가 한쪽으로 쏠렸다.
또다시 같은 의견으로 모두 모아지는 분위기였다. 그러나 이번에는 진
주가 그대로 넘어가지 않았다.

진주   한 우물을 파면 실패할 가능성이 높고, 여러 우물을 파야 성공
       가능성이 높다고 하는데 제 생각은 다릅니다. 여러 분야에 마
       음을 쓰다 보면 어느 하나에도 제대로 마음을 쓰지 못하게 되
       고, 그러면 실패할 가능성이 훨씬 높아진다고 봅니다.

진주는 찬기 의견은 전혀 반박하지 않고 현경이 의견만 치고 들어
갔다.

현경   한 우물이 아무것도 안 될 수도 있고, 그러면 아주 위험해집니다.

현경이는 별로 자신 없는 듯 되받았다. 아무리 봐도 현경이는 진주
토론 상대로 한참 모자라다. 물론 우리 학교에서 진주와 맞장 토론을 벌
일 만한 애는 없다. 찬기는 진주 상대가 될까? 둘이 제대로 맞붙은 적은
한 번도 없었다. 이번 기회에 둘이 피터지게 논쟁하면 좋겠다. 그래서

서로 기분이 상하면 좋겠다.

진주   아무 우물이나 마구 파면 그러겠지만, 자기 적성이 어떤지, 자기 능력이 어떤지 알고 그에 맞게 우물을 고른다면 성공 가능성이 높아집니다. 성공 가능성과 우물 개수는 아무런 관련이 없습니다. 사막에서는 아무리 많은 우물을 파도 실패하지만, 알맞은 땅에서는 한곳만 우물을 파도 실패할 수가 없습니다.

토론은 그대로 끝날 듯이 보였다. 워낙 진주가 강하게 나갔고, 진주가 제시한 논리가 설득력이 있었기 때문이다. 잠깐 고민하던 찬기가 진주 논리를 반박하고 나섰다. 그리고 내가 기대했던 맞장 토론이 벌어졌다.

찬기   우리는 나중에 어떻게 될지 모릅니다. 제가 앞서 말했듯이 빠르게 변하는 불확실한 시대에 한 우물만 파는 선택은 어리석습니다.

진주   빠르게 변하는 불확실한 시대에 대충 여러 우물을 파는 선택이 더 어리석죠. 여러 우물을 파면 한 우물을 팔 때보다 아무래도 얕게 팔 수밖에 없습니다. 얕은 지식과 재주는 변화와 불확실성을 대비하기 어렵다고 봅니다.

찬기   현재는 통섭과 융합이 대세인 시대입니다.

통섭? 융합? 저게 무슨 말이지? 찬기는 꼭 토론을 할 때 다른 애들은 모르는 어려운 말을 쓴다. 아주 못된 버릇이다. 많이 안다고 자랑하는데 아주 꼴 보기 싫다.

찬기　여러 학문을 융합할 줄 아는 인재가 21세기를 이끌어 갑니다. 여러 우물을 판다는 말은 한마디로 융합형 인재를 뜻합니다. 대학이나 회사도 융합형 인재를 선호하는데, 이 말은 21세기에는 한 우물을 파는 인재보다 여러 우물을 파는 인재가 알맞다는 뜻이라고 봅니다.

찬기 말을 듣고 입이 쩍 벌어졌다. 통섭이니 융합이니 하는 말이 어려워서 그 뜻을 다 헤아리지는 못했지만, 찬기 논리가 탄탄하다는 점은 인정할 수밖에 없었다. 도대체 저런 논리력은 어디서 나오는 걸까? 나는 어떻게 해도 찬기를 토론으로 이길 수 없다는 말인가?

진주　맞습니다. 21세기는 융합이 중요하죠. 그런데 융합은 퓨전이 아닙니다. 그냥 여러 분야를 적절히 섞는다고 융합이 되지 않습니다. 한 분야를 제대로 알고, 높은 수준에 올라야 다른 학문을 받아들이는 융합이 가능합니다. 한 가지도 제대로 못 하면서 열 가지를 하겠다고 나서면 그 결과는 뻔합니다.

역시 진주였다. 도저히 반박하지 못할 논리처럼 보였는데, 진주는 멋지게 받아쳤다. 그렇지만 찬기도 만만치 않았다. 끝까지 진주 의견에 맞섰다. 물론 내가 바라는 바였다. 더 세게 부딪쳐서, 감정이 상할 때까지 맞붙기를 바랐다.

> 찬기   한 우물을 파면 사람이 편협해집니다. 한 우물만 파면 전체를 못 봅니다.
>
> 진주   여러 우물을 파면 한 우물을 팔 때 느끼는 성취감과 깊이를 모릅니다.
>
> 찬기   한 우물을 파다 실패하면 어떻게 하죠?
>
> 진주   왜 꼭 한 우물을 파면 실패한다고 생각하세요? 여러 우물을 파다가 실패하면 어떻게 할 건데요?

드디어 말투에 날이 섰다. 서로 감정이 올라오는 게 느껴졌다. 더욱, 더더욱 세게 부딪쳐라! 그래서 이 자리에서 깨져 버려라!

> 찬기   누가 실패할 가능성이 높은지 따져야죠.
>
> 진주   맞아요. 이 우물 찔끔 파다 옮기고, 다시 새로운 우물 찔끔 파다 옮기고, 그런 사람이 더 실패할 가능성이 높을까요? 한 우물을 끈질기게 포기하지 않고 끝까지 판 사람이 실패할 가능성이 높을까요? 김연아나 박지성 선수를 보세요. 한 우물을 끝까지 판 사람이 위대한 성공을 거두잖아요.

둘이 워낙 치열하게 논쟁했기 때문에 아무도 끼어들지 못했다. 박정훈 선생님도 찬기와 진주를 번갈아 보며 심각한 표정으로 듣기만 했다.

찬기　　그건 특별한 경우지. 아니 경우입니다. 이젠 한 우물로 성공하기 힘든 세상입니다. 시도하다가 안 되면 재빨리 다른 길로 바꿔야 합니다. 한 우물만 파는 사람은 뒤처진 사람이 되기 쉽습니다.

찬기 말을 듣는데 어처구니가 없었다. 시도하다가 안 되면 재빨리 다른 길로 바꿔야 한다니, 간신배 같은 말이었다. 무엇보다 그 말은 진주 하나만 보는 나를 비웃는 말처럼 들렸다. 진주와 썸을 타다가 제대로 안 되면 재빨리 현경이에게 옮겨가겠다는 심보를 드러내는 말처럼 들렸다. 한 여자를 사랑하지 않고 무수히 많은 여자애들이 자기를 좋아하는 상황을 즐기는 못된 놈임을 자랑하는 말이었다. 그대로 있을 내가 아니었다. 저런 못된 생각을 하는 놈을 그대로 두면 나는 배윤호가 아니다.

"그 말은 마치 여러 여자한테 발을 걸쳐도 된다는 뜻으로 들리네요."

내가 끼어들자 일제히 눈길이 나에게 쏠렸다. 박정훈 선생님은 모르겠지만 다른 애들은 내가 무슨 뜻으로 던진 말인지 알기 때문에 다들 표정이 예사롭지 않았다.

"사랑을 할 때는 한 여자만 봐야죠. 한 여자와 사랑을 하면 실패할지도 모르니 여러 여자들에게 발을 걸쳐 두어야 실패할 가능성에 대비할 수 있다, 뭐 이런 말로 들리는데, 안 그런가요?"

물론 내 논리가 약간, 아니 상당히 억지라는 점은 나도 안다. 그렇지만 찬기 약점을 드러내고, 진주 마음을 흔들어 놓는데 이보다 더 좋은 기회는 없었기에 나는 모른 척하고 밀어붙였다.

"여기서 그 말이 왜 나와?"

찬기가 버럭 짜증을 냈다. 박정훈 선생님이 계시는데도 짜증을 숨기지 않았다. 애들 앞에서도 짜증을 내지 않는 찬기인데 선생님 앞에서 짜증을 마구 드러냈다. 기대 이상이었다. 내 작전은 완전히 성공이었다.

"직업이나 연애나 다를 게 없다고 생각합니다."

나는 일부러 더 공손한 말투를 썼다. 짜증을 내는 찬기, 토론자로서 예의를 갖추는 나, 누가 봐도 승자는 나였다.

"자, 잠깐! 토론이 지나치게 뜨거워졌네. 이 주제는 이쯤에서 끝내자."

이상한 분위기를 눈치챈 박정훈 선생님은 얼른 토론을 마무리해 버렸다.

더 찬기를 궁지로 몰아넣을 수 있었는데 아쉬웠다. 그래도 나는 만족스러웠다. 찬기와 진주 사이에 찬 기운이 흘렀다. 그건 그 자리에 있던 모두가 느꼈을 것이다. 썸은 달달함이 생명인데 이런 긴장감이 만들어지면 더 가까워지기 힘들다. 어쩌면 이대로 깨져 버릴지도 모른다.

"너, 찬기한테 한 방 먹였다며?"

그날 집으로 가는데 태규가 다른 애들 눈치를 살피며 물었다.

"그 말은 누구한테 들었는데?"

"정혜가 다른 여자애들이랑 쑥덕거리는 소리를 지나가다 들었어."

"제대로 한 방 먹였지!"

나는 키득키득 웃었다.

"기분 좋냐?"

"너 같으면 안 좋겠냐?"

"잘 생각해 봐."

태규가 심각하게 말했다.

"이번 일로 찬기와 진주가 깨질 수도 있겠지만, 그런 말을 한 너를 진주가 좋게 보겠냐?"

미처 그 생각은 못했다. 내가 찬기를 몰아붙였을 때 진주가 어떤 반응을 보였는지 기억이 나지 않았다. 진주가 나에게 더 짜증이 났다면 어떻게 하지? 왜 나는 그때 그런 생각을 못했을까?

"둘을 깨려고만 하지 말고, 진주를 어떻게 하면 끌어당길지를 생각해."

태규 말이 맞았다.

내 작전은 반만 성공이었다. 어쩌면 완전 실패일지도 모른다. 진주가 나 때문에 화가 났다면, 그야말로 끔찍한 실패다. 어떻게 하면 진주를 나에게 끌어당길 수 있을까? 그러고 보니 나는 이제까지 어떻게 하면 진주 마음을 끌어당길지는 전혀 생각하지 못했다. 작전을 새롭게 짜야 한다. 찬기가 아니라 진주에게 초점을 맞춘 작전을~!!!

08
아프로디테에게 황금 사과를

토요일 아침 11시, 작전을 짜지도 못했는데 갑자기 진주에게서 문자가 왔다.

'오늘 오후에 혹시 바빠?'

어제 태규 말 때문에 잔뜩 걱정했는데, 진주가 문자를 보내 주니 뜨거운 여름에 아이스크림 녹듯이 걱정이 사라졌다.

'안 바빠 ^.^!'

문자 끝에 '♡'를 붙이고 싶었지만 꾹 참았다.

오후에 수학학원에 가야 하고, 학원에 몰래 빠지면 심하게 야단도 맞지만, 그쯤은 감수하기로 했다.

'ㅅㅅ!! 2시에 도서관에서 강연회 있는데, 같이 갈래?'

진주가 없는 강연회라면 당연히 안 간다. 태규가 가자고 해도 안 간다. 학교 수업과 학원 수업으로도 강의는 차고 넘친다. 또 다른 강의를

군이 듣고 싶지 않다. 그렇지만 진주와 함께 가는 강연회라면 한마디도 못 알아듣는 강의라도 좋다. 강의야 듣는 둥 마는 둥 해도 그만이다. 진주와 단둘이 만나서 이야기를 나눌 둘도 없는 기회다. 이런 기회를 놓칠 수는 없다.

바로 가겠다고 답장을 보내려다가 멈칫했다. 무슨 강연인지도 모르고 그냥 가겠다고 하면 '나는 널 좋아해' 하고 대놓고 말하는 꼴이기 때문이다.

'무슨 강연인데?'

'토론 책으로 아주 유명한 선생님이 와서 하는 강연이야'

토론 강연이라니, 진주다운 제안이었다.

'좋아~^^ 갈게'

문자를 보냈는데 그대로 끝맺기에는 무척 아쉬웠다. 더 멋진 말로 진주 마음을 끌어당기고 싶었다. 이미 간다는 문자는 보냈으니 곧 바로 진주에게 답장이 올 텐데, 진주에게 답장이 오기 전에 멋진 문장을 보내고 싶은데, 어떤 글을 쓸지 종잡을 수 없었다. 태규 말이 맞았다. 나는 무턱대고 진주만 바라보고 있었다. 진주가 어떻게 하면 날 좋아하게 만들지 전혀 고민하지 못했다. 그러니 이럴 때 보낼 문장도 잘 떠오르지 않는다. 때를 놓치면 멋진 문장을 보내나 마나다. 나는 깊이 생각하지도 못하고 그냥 손이 가는 대로 문자를 써서 얼른 보냈다.

'안 그래도 토론 능력을 키우고 싶었어'

보내 놓고 읽으니 맹물에 면만 끓인 라면 같은 문장이었다. 나는 어쩜 이렇게 문장 실력이 모자랄까?

'v^.^v 너한테 큰 도움이 될 거야~! 1시 50분에 도서관 정문에서 봐'

또다시 도서관이다. 진주에게 반한 곳이 도서관이었는데, 진주와 처음으로 단둘이 어울리는 곳도 도서관이 된다. 아무래도 진주와 내 인연은 도서관을 통해 이어지고 발전할 모양이다. 도서관을 싫어했는데 앞으로는 도서관을 엄청 사랑하게 될지도 모르겠다.

공을 들여서 옷을 골라 입었는데 거울에 비친 나는 여느 때보다 더 옷차림이 못나 보였다. 진주와 어울릴 때 입을 만한 옷이 나한테 없었다. 아무래도 엄마한테 옷을 사 달라고 졸라야겠다. 정말 입을 옷이 없었다. 누나가 옷장에 가득 걸린 옷을 뒤적거리면서 입을 옷이 없다고 투덜거리는 모습을 볼 때마다 어처구니가 없었는데, 진주와 만나러 가려고 옷을 고르다 보니 내 마음이 바로 누나 마음과 같은 꼴이었다.

집에서 도서관까지는 아주 가깝다. 걸어가도 5분이 채 안 걸린다. 설렘에 이끌려 진주와 만나기로 한 시간보다 15분 먼저 도서관 정문에 이르렀다. 스마트폰도 쳐다보지 않고 진주가 어디서 오나 살피며 뛰는 가슴을 누르는데, 정혜가 나타났다.

"어, 너 웬일이냐?"

"강의 들으러 왔는데……."

입에 쓴맛이 돌았다. 진주가 나한테만 강의 들으러 가자고 했다고 믿었는데, 허망한 착각이었다. 조금만 따져 봐도 진주가 나에게만 제안하지는 않았으리라는 걸 어림할 수 있었다. 해바라기처럼 진주만 쳐다보니 판단력이 심각하게 떨어진 탓에 자꾸 엉뚱한 착각에 빠져든다. 문제는 스스로 어리숙한 착각을 거듭하는 줄 알면서도 나도 나를 어쩌지 못

호둔의 여왕과 사춘기 로맨스

한다는 점이다. 앞으로 또 얼마나 그릇된 판단으로 착각과 실수를 거듭할지, 떠올리기만 해도 아찔하다. 걱정은 커도 대책은 없다. 사랑이 이루어지기까지는……!

그나마 정혜는 괜찮았다. 조금 뒤 가장 꼴 보기 싫은 놈이 나타났다. 주말과 일요일에도 학원에 다니느라 바쁘다는 놈이 왜 나왔는지 모르겠다. 조금 뒤 진주가 나타났고 진주는 찬기와 환하게 웃으며 손을 잡았다. 어제 그런 일이 있었음에도, 현경이가 대놓고 찬기에게 달려들어도, 둘 사이는 아무런 문제가 없어 보였다. 강연회 장소로 걸어가는데 정혜는 찬기와 진주가 같이 있게 만들어 주려는 목적으로 일부러 나한테 가까이 와서 말을 걸었다. 찬기와 진주는 둘 사이가 어떤지 보여 주려는 듯 바짝 붙어서 다정하게 이야기를 나누었다.

짜증이 확 치밀었다. 찬기와 진주는 이몽룡과 춘향이었고, 나와 정혜는 방자와 향단이 같은 모양새였기 때문이었다. 찬기는 옷도 잘 입었는데 나는 옷 꼴도 엉망이었다. 어쩌면 멋지고 예쁘고 똑똑한 진주에겐 나처럼 못난 남자보다 찬기처럼 잘생기고 똑똑하고 재주도 많은 남자가 더 어울릴지도 모른다. 그 순간 태어나서 처음으로 '우울'이라는 감정이 무엇인지 경험했다. 시험을 망쳤을 때도, 게임에서 연거푸 졌을 때도, 믿었던 애에게 배신을 당했을 때도 이런 느낌은 아니었다. 온몸에 힘이 빠지고 푸른 하늘도, 초록빛 나무도 모두 잿빛으로만 보였다. 귓가로 우울시계가 째깍째깍 울렸다.

우울하다 우울해 무뎌져 가는 게 우울하다 ♭

쓸쓸하다 쓸쓸해 한약을 다려 마신 듯 쓸쓸 ♩

우울하다 우울해 별것도 아닌데 ♪

우울하다 우울하다 우울해 우울우울 열매 먹은 듯 우울 ♬

- 우울시계_(아이유)

그냥 집으로 돌아가고 싶었다. 절망 외에는 남지 않은 도서관에 더는 머무르고 싶지 않았다. 그러나 그럴 듯한 이유를 댈 수 없어서 기름에 튀겨지는 닭처럼 억지로 따라갔다. 강의 장소는 도서관 1층 강의실이었는데, 동그랗게 놓인 자리 배치에 조금 짜증이 났다. 의자는 30여 개였는데 모두 동그랗게 놓이다 보니 몸을 숨길 곳이 없었기 때문이다. 나를 감추고 싶은데, 학교 교실처럼 앞사람 등 뒤에 숨고 싶은데 그럴 수 없었다.

"이렇게 앉으니 어때요?"

강의하는 선생님은 강의하는 내내 수없이 많이 물었는데 이게 첫 물음이었다.

나는 손을 들고 답하고 싶었다.

'짜증나요!'

물론 많은 사람들이 있는 자리에서 이렇게 말할 수는 없는 노릇이었다. 나는 아무 말도 않고 입을 꼭 다물고 가만히 있었다. 진주와 찬기는 딱 붙어 앉아서 환하게 웃으며 선생님이 물어볼 때마다 앞장서서 대답했다. 서너 자리 떨어진 자리에 앉아 곁눈질로 둘을 볼 때마다 우울함이

호른의 여왕과 사춘기 로맨스

파도처럼 밀려들었다. 강의를 듣는 학생들은 거의 다 내 또래였는데 모두 진지한 얼굴로 강의에 집중했다. 각 학교 토론동아리 회원들이 대부분이었는데, 다들 대답하는 수준이 꽤 높았다. 아마 여기서도 나는 토론 실력으로만 따지면 꼴찌일 듯싶었다. 사랑도 꼴찌, 토론도 꼴찌, 난 꼴찌 인생이었다.

강의를 듣고 싶지도 않았고, 빨리 그 자리에서 벗어나고 싶었지만 들려오는 소리를 귀로 받아들여야 했다. 강의가 남다르긴 했다. 선생님은 말씀보다 질문을 많이 했고, 학생들이 내놓는 답변으로 강의를 이끌어 나갔다. 학생들이 하는 대답을 곧바로 질문으로 돌려 깜짝 토론을 시키기도 했다. 토론 주제들은 이런 걸로 토론을 해도 되나 싶은 주제들이 대부분이었다. 심지어 내가 고민했던 문제도 있었다.

- 우리나라에서 좋은 대학이라고 하는 곳은 정말 좋은 대학일까?
- 보고 싶은 웹툰을 발견했는데 100편쯤 된다. 한 번에 몰아서 볼까, 나눠서 볼까?
- 맛있는 음식을 맨 먼저 먹어야 할까, 마지막에 먹어야 할까?
- 숙제하고 놀까, 놀고 숙제할까?
- 처벌을 아주 세게 강화하자 규칙을 어기는 학생들이 줄었다. 이것은 올바른 교육인가?
- 성적이 오르면 스마트폰을 사 주겠다고 조건을 거는 것은 적절한가?

첫 질문을 빼고는 모두 학생들과 대화를 나누다 의문점이 들면 질문으로 바꿔서 건넸다. 질문이 워낙 친근했고, 생활을 하다 한 번 쯤 생각해 본 문제였다. 만약 토론에 참여한다면 제법 할 말이 많지만, 다른 학생들과 말을 섞을 기분이 아니었기에 그냥 가만히 있었다.

강의 중반부가 지나면서 선생님은 아주 독특한 토론 형식으로 토론을 진행하게 했는데, 바로 한 명이 참가자 모두를 상대하는 토론이었다.

"한 명은 자기 생각대로 주장을 합니다. 그 대신 나머지는 모두 반대 토론자가 되세요. 자기 생각과 상관없이 모두 반대자가 되어 한 사람에게 질문하고, 반박하면 됩니다. 해볼 사람?"

30여 명이나 되는 학생 모두를 혼자 상대하는 일은 만만치 않다. 더구나 앉아 있는 애들은 모두 상당한 실력자들이다. 실력에 자신이 있더라도 웬만한 용기가 없다면 나서기 어렵다. 그런데 그 어려운 자리에 찬기가 나섰다. 그것도 선생님이 제안하자마자 머뭇거리지도 않고 손을 들었다. 아직 선생님이 주제도 말하지 않았는데, 찬기는 당당하게 일어섰다. 진주가 아침 햇살보다 밝은 웃음을 지으며 찬기를 쳐다보는데, 내가 바로 그 웃음을 받고 싶었다. 그러나 나는 찬기처럼 나설 용기는 있지만, 그럴 재주는 없었다. 책상 아래 놓인 손이 부들부들 떨렸다. 내 못남이 한없이 원망스러웠다.

"이름이……?"

"김찬기입니다."

"얼굴 못지않게 목소리도 참 매력 있네요."

"고맙습니다. 하하."

그 누가 웃는 얼굴에 침을 못 뱉는다 했는가? 바로 쫓아나가서 침을 뱉고 싶었다.

"이제 토론 주제를 알려드릴게요."

그러면서 선생님은 책 한 권을 손에 들었다.

"파블로 네루다 님이 쓴 『질문의 책』이란 시집입니다. 처음부터 끝까지 오직 질문으로만 이루어진 시입니다. 몇 가지 질문을 읽어줄게요."

선생님은 책을 몇 쪽 넘겼다.

"당신들은 지구가 가을에 무슨 명상을 하는지 아는가?"

질문을 읽고 선생님은 동그랗게 앉은 학생들을 둘러보았다. 질문을 생각해 보라는 뜻이었다.

"나였던 그 아이는 어디 있을까? 내 안에 있을까, 사라졌을까?"

놀라운 질문이었다. 아주 잠깐이었지만 우울이라는 감정에서 빠져나올 만큼 엄청난 질문이었다.

"가을은 그렇게 많은 노란 돈으로 계속 무슨 값을 지불하지?"

이건 또 무슨 말이지? 노란 돈? 가을? 이 질문을 어떻게 받아들여야 하지?

"묘하죠? 참 많은 생각을 하게 만드는 책입니다. 나중에 이 책을 꼭 읽어 보세요. 책 안에 담긴 질문을 하나씩 곱씹다 보면 삶과 사회와 역사와 자연을 보는 눈이 바뀌리라 믿습니다. 그럼 찬기 학생이 끌고 나갈 질문을 읽어 줄게요."

낯선 질문들을 듣고 받았던 충격이 찬기란 이름을 듣자 아주 빠르게 사라졌다.

"항상 기다리는 사람과 아무도 기다리지 않는 사람 중 누가 더 고통스러울까?"

또다시 낯선 질문이었다. 이런 토론 주제는 생각해 본 적도 없었다. 워낙 낯선 물음이어서 어떤 의견을 말해야 할지 종잡을 수 없었다. 앉아 있는 애들 얼굴빛을 보니 다른 애들도 나와 엇비슷해 보였다. 심지어 진주도 당황하는 듯했다. 아무리 찬기라 해도 만만치 않은 주제였다. 그렇다면 찬기도 제대로 끌고 가지 못할지도 모른다. 안 그래도 혼자서 30여 명을 상대해야 하는데 주제까지 어렵다면, 찬기가 진주 앞에서 망신을 당할지도 모른다. 제발 그렇게 되기를 빌었다.

"저는……."

잠깐 고민하던 찬기가 입을 열었다.

"항상 기다리는 사람보다는 아무도 기다리지 않는 사람이 더 고통스럽다고 생각합니다. 물론 항상 기다리는 사람은 그리움 때문에 힘들 수도 있지만, 아무도 기다리지 않는 사람은 외로움이 크리라고 봅니다. 기다리는 사람이 있다면 만나지는 못하더라도 나중에라도 만날 희망이 있지만, 아무도 기다리지 않는 사람은 희망조차 없기 때문입니다."

기가 막혔다. 뭘 어떻게 답해야 할지 막막한 질문인데, 30여 명이 거의 다 당황한 질문인데, 찬기는 막힘이 없이 제 생각을 풀어냈다. 정말 놀라운 능력이었다. 저 능력을 조금이라도 나눠 가질 수 있다면 얼마나 좋을까?

찬기 말이 끝나자 한두 명씩 반박이 이어졌다. 반박이 점점 거세졌고, 논쟁이 오고갔다. 수많은 학생들이 찬기를 거세게 밀어붙였지만 찬기는 능수능란하게 대꾸했다. 찬기는 무려 15분 동안 파상공세를 견뎌냈다. 워낙 뛰어나니 질투도 생기지 않았다. 그냥 헛웃음만 나왔다.

찬기가 토론을 끝내자 선생님은 찬기를 엄청 칭찬했고 찬기는 활짝 웃으며 제자리로 돌아갔다. 나는 고개를 숙였다. 이 우울한 자리가 빨리 끝나기를 바랐다. 빛나는 찬기와 칙칙한 내가 견줘지는 상황이 더는 견디기 힘들었다.

"이런 토론은 처음 해보죠?"

"네!"

"여러분은 낯설겠지만 생각보다 이런 토론이 흔해요. 대학이나 회사에서 보는 면접에서는 혼자서 많은 사람을 상대합니다. 회사에 들어가면 기획안을 발표할 때도 혼자 말하고 많은 사람이 던지는 질문을 견뎌야 합니다. 여러분들은 낯선 토론 형식이라고 여길지 모르지만, 삶에선 아주 흔해요. 그러니 학교에서도 종종 이런 식으로 해보시기 바랍니다."

학생들은 종이에 글을 메모하며 집중해서 말을 들었다. 물론 나는 가만히 있었다.

"자, 이제 또 다른 토론 방식을 소개하겠습니다."

선생님은 사과를 하나 꺼냈다.

"혹시 '파리스의 사과' 이야기를 아는 학생 있나요?"

진주가 손을 들었다.

"아, 목소리가 참 맑은 학생! 학생 목소리는 들으면 들을수록 더욱 기분이 좋아지네요. 사람에게 맑은 기운을 선물하는 참 좋은 목소리에요."

선생님이 진주 목소리를 칭찬했다.

"감사합니다."

진주 목소리가 더욱 맑게 울렸다.

"아는 대로 얘기해 보세요."

"그리스 신화에 나오는 이야기인데요. 모든 신들이 초대를 받은 잔치에 불화의 여신인 에리스만 초대를 받지 못해요. 화가 난 에리스는 잔치에 와서 '가장 아름다운 여신에게'라는 글을 쓴 황금사과를 던져 놉니다. 신들 사이에 불화를 일으키려고 한 짓이죠. 황금사과를 보고 헤라, 아프로디테, 아테나가 말다툼을 벌이는데 으뜸 신인 제우스를 비롯해 그 어떤 신도 판정관 노릇을 하지 않으려 해요. 당연하죠. 세 여신 가운데 한 명을 꼽으면 나머지 두 여신에게서 엄청난 미움을 받을 테니까요. 그때 선택된 사람이 파리스였어요. 트로이 왕이 버린 아들인 파리스는 목동으로 자랐는데, 세 여신은 목동 파리스에게 가서 누가 가장 아름다운 여신인지 알려 달라고 하죠."

진주 목소리가 예쁘게 강의실을 채웠다. 달콤했다. 저 목소리가 나를 위해서만 울린다면 얼마나 좋을까? 나라면 황금사과를 주저 없이 진주에게 준다. 세 여신이 그 무엇을 준다고 해도 나는 진주다.

"세 여신은 자신을 가장 아름답다고 하면 파리스에게 보답을 하겠다며 각자 선물을 내걸어요. 헤라는 권력을, 아테나는 지혜를, 아프로디테는 가장 아름다운 여성과 맺어지게 해 주겠다고 합니다. 파리스는 세 여신이 내건 조건도 따져 보고, 여신들의 외모도 살펴보다가 아프로디테가 가장 아름답다고 선택해요. 그 덕분에 파리스는 헬레나라는 가장 아름다운 여인을 짝으로 맞이하지만, 이 때문에 아킬레스, 오디세우스 등이 나오는 트로이 전쟁이 벌어지게 됩니다."

설명을 마치고 진주가 자리에 앉았다.

"제가 굳이 덧붙이지 않아도 될 만큼 멋진 설명이었어요. 고마워요."

선생님은 손에 든 사과를 강의실 한 가운데에 있는 책상 위에 올려 놓았다.

"자, 이제 여러분은 파리스입니다. 이 사과는 황금빛은 아니지만 황금사과라고 생각하세요. 여러분이 파리스라면 이 황금사과를 누구에게 주고 싶나요? 여러분은 현명하니 세 여신이 내건 선물에는 눈을 돌리지 마세요. 가정의 신인 헤라, 지혜의 신인 아테나, 사랑의 신인 아프로디테 가운데 누가 가장 아름다운가요? 이 질문을 살짝 바꾸면 이렇게 돼요. 가정, 지혜, 사랑 가운데 가장 아름다운 가치는 무엇인가?"

토론 주제를 듣자 잠깐 멍했다. 저게 토론이 가능한 질문인가? 찬성과 반대를 할 수도 없는 토론 주제인데 토론이 될까? 저런 토론을 도대체 어떻게 하라는 거지?

"이와 같은 토론 방식을 저는 '논증 토론'이라고 불러요. 어떤 선택이든 타당한 논리가 있고, 아무리 따지고 들어도 그 어떤 선택이 가장 옳다고 판단하기 어려운 토론이죠. 그래서 논증 토론은 순수하게 논리 대결이에요. 오로지 논리로 어느 쪽이 더 맞는지 증명하는 거죠. 더 멋진 논리를 대는 쪽이 이깁니다. 이 토론에 어떤 의미가 있는지는 토론이 끝나고 난 뒤에 알려드릴게요. 우선은 이 토론을 할 세 사람을 뽑아 봅시다. 지원자 있나요?"

여러 명이 손을 들 줄 알았는데 아무도 손을 들지 않았다.

"낯선 토론이라 주저하는 모양인데…… 좋아요. 그럼 학교 대표를 뽑아서 학교 대항전으로 해보죠."

그러고는 선생님은 갑자기 내 쪽으로 다가왔다.

"이제까지 한 번도 학생 목소리를 못 들었는데, 학생 목소리를 들을 기회를 줄래요?"

이건 무슨 뚱딴지같은 소린가?

"학교가 어디에요?"

저한테 묻는 건가요?

"저랑 같은 유봉중학교입니다."

진주가 나 대신 말했다.

"유봉중학교라, 아까 찬기 학생도 유봉중학교죠? 유봉중학교엔 인재가 많네요."

찬기나 진주야 인재지만 나는 인재가 아닙니다.

"어때요? 유봉중학교 대표로 이번 토론 해볼래요?"

"아니……그게…!"

선생님! 도대체 저한테 왜 이러세요?

"그래, 윤호야! 우리 학교와 동아리 명예를 걸고 네가 해봐!"

진주는 내 속도 모르고 등을 떠밀었다.

진주가 저렇게까지 하는데 그대로 버티긴 힘들었다. 나는 또다시 튀

토론의 여왕과 사춘기 로맨스

겨지려고 끌려가는 통닭 신세가 되고 말았다.

"수봉중학교 대표 선수는 나왔고, 다른 학교 대표 선수도 뽑아 주세요."

내가 터덜터덜 걸어서 강의실 가운데로 나오는 동안 다른 학교 애들도 의논을 해서 대표를 뽑았다. 내가 먼저 앉았고, 성수중학교와 봉의중학교 대표가 뒤따라서 나왔다. 성수중학교는 남학생이고 봉의중학교는 여학생이 대표였다.

"각자 학교와 이름 소개 부탁해요."

"성수중학교에 다니는 허재학입니다."

허재학은 딱 보기에도 말을 잘하게 생겼다.

"봉의중학교 정은지예요."

정은지도 꽤나 똑똑해 보였다.

둘 다 만만치 않은 정도가 아니라 내 수준을 훌쩍 뛰어넘는 실력자로 보였다. 이제 나는 다른 학교 애들 앞에서, 아니 내가 짝사랑하는 진주 앞에서 망신당할 일만 남았다. 찬기는 30여 명도 멋지게 이겨내는데, 나는 학교 대표로 나서서 처참하게 깨진다면, 그 누가 찬기 같은 애를 버리고 나를 선택하겠는가? 내가 저 똑똑해 보이는 학생들을 이길 수 있을까? 더구나 학교 대표로 뽑힌 애들을? 지렁이가 발버둥쳐 봐야 지렁이는 지렁이일 뿐이다. 어차피 이길 수 없는 싸움이라면 그냥 내 방식대로 하다 끝내야겠다고 마음먹었다. 어차피 깨질 거면 멋지게 박살나자고.

"제가 다니는 학교 이름은 수봉중학교입니다. 학교 이름이 빼어날 수秀, 봉오리 봉峯이다 보니 빼어난 봉오리 같은 학생들이 많은데, 저는 산꼭대기가 아니라 산허리 수준이라 수봉秀峯이 아니라 허봉에 다닙니다. 허봉 배윤호입니다."

여기저기서 키득거리는 소리가 들렸다. 나와 바로 마주앉은 허재학과 정은지도 웃었다. 그런데 몇몇은 내 우스갯소리가 무슨 말인지 알아듣지 못하고 둘레 애들에게 뜻을 물어보기도 했다. 내 우스개도 이해하지 못하다니, 다 똑똑한 줄 알았는데 앉아 있는 애들 가운데 이해력 떨어지는 애들도 꽤 있는 모양이다. 저런 애들이랑 붙었다면 이길 수도 있을 텐데……

"윤호 학생이 아주 재미있네요. 좋아요. 윤호 학생이 웃음을 주었으니 윤호 학생이 의견을 먼저 고를 권리를 줄게요. 헤라, 아테나, 아프로디테 가운데 누군가요? 가정, 지혜, 사랑 가운데 으뜸으로 아름다운 가치는 무엇인가요?"

지혜는 일단 탈락이다. 나는 지혜 따위와는 인연이 없다. 가정과 사랑은 고민이다. 가정도 소중하고, 사랑도 소중하다. 그러다 누나 얼굴이 떠오르자 마음이 정해졌다.

"사랑으로 하겠습니다."

마음 같아선 '사랑으로 하겠습니다'가 아니라 '사랑합니다'로 말하고 싶었다. 너를 사랑한다고, 나를 보는 너를 사랑한다고 말하고 싶었다. 옆에 다른 남자만 없다면, 많은 사람이 있는 자리라 해도 사랑을 고백하고 싶었다.

성수중학교 허재학은 지혜를, 봉의중학교 정은지는 가족을 골랐다.

"사랑, 지혜, 가족! 과연 어떤 가치가 가장 아름다울까요? 판정은 여기 참가하지 않는 학교 학생들이 하겠습니다. 그러니까 다른 학교 학생들도 잘 듣고 누가 토론을 잘했는지 판정해 보세요. 학교 명예를 걸고!"

농담인 줄은 알지만, 학교 명예라니 괜히 부담스러웠다. 나는 사랑을 골랐지만 딱히 할 말은 없었다. 내가 사랑에 빠져서 사랑이 가장 끌렸을 뿐, 내 온 마음이 사랑에 물들었기에 골랐을 뿐, 다른 사람을 설득할 근거는 딱히 없었다. 잠깐 침묵이 흘렀다. 나는 머리가 멍했고, 정은지는 종이에 적바림을 했으며, 허재학은 이마를 몇 번 쓰다듬더니 마이크를 잡았다.

"사람을 사람답게 만든 요소는 무엇일까요? 저는 로고스야말로 사람다움을 만든 원천이라고 봅니다. 그래서 지혜가 셋 가운데 으뜸이라고 봅니다."

태어나서 처음 듣는 '로고스'란 말에, 요소와 원천처럼 어려운 한자말이 뒤섞이니 허재학이 하는 말이 무슨 뜻인지 하나도 모르겠다. 허재학은 엄청나게 똑똑한 애였다. 찬기 하나만 해도 열받고 기가 죽는데, 찬기 같은 애가 또 나타나다니, 짜증이 났다.

"저는 이 셋 가운데 가장 소중한 가치가 무엇인지 생각했습니다. 지혜도 좋고, 사랑도 좋지만, 가족보다 소중한 가치는 없다는 결론을 내렸습니다. 우리 가운데 가족보다 소중한 가치가 있다고 생각하는 사람이 있나요? 아마 없으리라고 봅니다. 그러니 가족이 으뜸입니다."

정은지는 허재학과 달리 어려운 말은 하나도 쓰지 않았다. 그렇지만 아주 설득력이 있었다. 딱히 반박할 말이 없었다. 그냥 '정은지 승!' 하고 끝내면 좋겠는데, 운명은 나에게도 마이크를 들려 주었다.

마이크를 잡는데 머리가 하얗게 변했다. 아무 생각이 안 났다. 까만 눈동자 한 쌍이 보였다. 내가 짝사랑하는 그 눈동자다. 이대로 무너질 수는 없다. 뭐라도 꺼내 놓아야 한다. 나는 마이크를 든 손에 힘을 주었다.

"사랑이 가장 아름답습니다. 저는 사랑이 좋고, 사랑을 하며 살 겁니다. 사랑하면 가슴이 설레고, 행복하니 사랑이 가장 아름답다고 생각합니다."

어휴, 배윤호, 넌 도대체 뭐라고 말하는 거니? 제정신이야? 아예 진주한테 사랑한다고 고백을 하지 그러냐!

재학   가족이 소중하다고 하셨는데, 저는 이 토론은 소중한지 여부가 아니라 인간만 누릴 수 있는 가치가 우선인지 여부를 두고 따져야 한다고 봅니다. 가족은 사람만 영위하지 않으며, 고슴도치도 제 자식은 아낀다는 말도 있습니다. 동물에게 지혜롭다는 말을 쓰지는 않습니다. 지혜는 사람을 사람답게 만드는 고유한 가치입니다.

은지   동물이 지혜롭지 못하다는 말은 잘못이라고 봅니다. 눈이 먼 사람을 강아지가 이끌어 주기도 하고, 까마귀가 물을 먹으려고 물병에 돌을 넣기도 합니다. 이처럼 지혜를 사람이 정한 틀로만 봐서는 안 된다고 봅니다.

재학   지혜라는 개념은 인간이 지닌 이성, 즉 로고스에서 도출된 개념이라고 봅니다. 동물도 때에 따라선 지혜처럼 보이는 행동을

       토론의 여왕과 사춘기 로맨스

하기도 하지만, 그건 극히 예외입니다. 지혜는 사람에게 쓰는 말이며, 로고스라는 개념에서 도출하였기에 지혜는 사람에게 고유성을 부여합니다.

은지 지혜로운 동물은 극히 예외라고 했는데, 그렇게 따지면 지혜롭지 않은 사람도 세상에는 참 많습니다. 그렇지만 가족 없이 태어나는 사람은 없습니다.

둘 사이에 끼어들고 싶은데 할 말이 없었다. 끼어들 틈을 찾기도 어려웠다. 둘이 치열하게 논쟁하고 나는 한동안 구경꾼이 되었다. 선생님이 둘 사이 논쟁을 잠깐 멈추게 하고 나에게 마이크를 건넸다. 멍하니 구경만 하다가 졸지에 마이크를 잡으니 또다시 할 말이 떠오르지 않았다. 아무 말이나 나오는 대로 내뱉었다.

나 지혜와 가족이 치열하게 싸우니 사랑이 끼어들 틈이 없네요. 실제로 지혜와 가족은 서로 싸움을 많이 합니다. 그렇지만 참된 사랑을 하면 안 싸웁니다.

듣는 학생들 사이에서 또다시 키득키득 웃음이 새어 나왔고, 선생님도 빙그레 웃었다.

나 그리고 사랑이 없으면 가족도 없습니다. 가족은 사랑해서 생겼으니, 사랑이 가족보다 먼저입니다.

이번엔 웃음소리가 더 크게 나왔다. 선생님이 웃는 소리도 들렸다.

나 지혜 쪽은 조금 어렵기는 한데…… 그게 사랑을 할 때 지혜롭
 게 하면 지혜쯤은 가볍게 사랑에 흡수되지 않을까요?

재학 사랑이 있기에 사람이 있다고 하셨는데, 따지고 보면 지혜가
 없다면 사람이 존재할까요? 가족이 없어도 마찬가지로 사람
 은 존재하지 못합니다. 그러니 셋 가운데 어느 하나도 빠뜨려
 서는 안 됩니다. 셋 다 중요합니다. 이 토론은 셋 가운데 굳이
 하나를 뽑자면 무엇을 뽑아야 하느냐를 두고 벌이는 토론입니
 다. 그래서 저는 가족과 사랑이라는 카테고리는 인간에게만 있
 다는 고유성이 없지만, 지혜는 고유성이 있다는 점을 강조하는
 것입니다.

은지 사랑이 으뜸이라고 하셨는데, 그럼 토론자께서는 사랑과 가족
 가운데 무엇을 선택하실래요?

나 네? 그게…… 그러니까……!

은지 가족을 버리실 건가요?

정말 나를 당황하게 한 질문이었다. 물론 누나만 따진다면 가족을 바로 버리고 사랑을 택하겠노라고 말하겠지만, 엄마와 아빠를 버릴 수는 없다. 양자택일을 강요하니 어떻게 할 도리가 없었다. 내가 사랑을 택하면 가족을 버리는 못된 놈이 되고, 가족을 택하면 토론에서 진다. 앞은 거친 파도요, 뒤는 뜨거운 불이다. 앞으로 가든 뒤로 가든 죽는다. 내가

살 길은 하나다. 앞길도 뒷길도 아닌 옆길로 가면 된다.

나   저는 가족을 사랑하기 때문에, 사랑을 택하겠습니다.

이번에는 그야말로 난리가 났다. 책상을 치며 웃는 애, 옆에 앉은 애를 때리며 웃는 애, 웃다가 뒤로 넘어간 애도 있었다. 심지어 나를 궁지로 몰아넣었던 정은지도 소리 내어 웃었다. 그러나 허재학만은 웃지도 않고 곧바로 나를 공격해 들어왔다.

재학   토론자께선 지혜로운 사랑이란 말을 한 적이 있습니다. 그 말은 사랑도 지혜롭게 해야 한다는 뜻입니다. 지혜가 없는 사랑은 제대로 된 사랑이 아닙니다. 우리는 막무가내 사랑이 아니라 지혜로운 사랑을 해야 합니다.

허재학은 내 아픈 곳을 건드렸다. 똑똑한 찬기는 사랑을 얻고 나는 사랑을 제대로 하지 못한다는 말로 들렸다. 다른 곳에서 이런 말을 들었으면 부아가 치밀어 욕이라도 한 방 먹여 주겠지만, 토론하는 자리라 꾹 참았다.

재학   지혜가 있어야 참된 사랑을 얻을 수도 있습니다. 지혜로운 사람은 상대를 제대로 사랑할 줄 알고, 지혜를 통해 사랑을 이룰 수 있습니다.

이건 도저히 동의할 수 없는 말이다. 지혜를 통해 사랑을 이룰 수 있다니, 저건 사랑이라곤 해본 적이 없는 모태솔로만 할 수 있는 말이다. 사랑은 논리가 아니라 감정이다. 감정은 논리 따위에 흔들리지 않는다. 내가 진주를 사랑하는 까닭은 아무리 논리로 설명하려고 해도 설명이 안 된다. 내가 진주를 사랑하는 데는 이유가 없다. 그냥 끌린다. 여기에 무슨 지혜가 끼어든단 말인가? 만약 지혜로 사랑을 얻을 수 있다면, 찬기처럼 똑똑한 애가 진주와 맺어지고 나는 실패한다는 뜻이다. 다른 논리는 다 받아들여도 그따위 논리를 받아들일 수는 없다.

나　　그렇게 말씀하시는 허재학 토론자님은 사랑을 한 번도 안 해보셨죠? 제가 보기엔 모태솔로인 듯한데, 맞죠? 모태솔로인 사람은 허재학 토론자 논리에 고개를 끄덕이겠지만, 사랑을 한 번이라도 해보았다면 그런 논리가 얼마나 엉터리인지 다 압니다. 더 말해봤자 못 알아들을 테니 설득은 안 하겠습니다.

허재학 얼굴이 빨개졌다. 몇몇 애들은 웃었다. 그러나 선생님은 전혀 웃지 않았다. 심각한 얼굴로 팔짱을 끼고 가만히 나를 보더니 의자에서 일어나 내게서 마이크를 가져갔다.

"아주 즐겁고 재미있는 토론이었어요. 토론을 들은 학생들 평가를 들어 볼까요?"

한 남학생이 손을 들었다.

"처음에 가족과 지혜가 치열하게 논쟁을 벌였는데, 논점이 어긋났다고 생각합니다. 아름다움과 인간 고유성은 동일한 의미가 아닌데, 그 쟁점으로 토론을 한 까닭을 잘 모르겠습니다. 사랑 쪽은 자기 식대로 풀어나간 점이 인상 깊었습니다."

또 다른 학생이 마이크를 잡았다.

"성수중학교에서 나온 토론자가 로고스니, 카테고리니 하는 어려운 낱말을 많이 이야기했는데, 잘 알아듣기가 힘들었습니다. 저는 토론할 때는 듣는 사람들이 알아듣기 쉬운 말로 해야 한다고 생각합니다. 그래서 가장 알아듣기 쉬운 사랑 쪽이 좋았습니다."

학생들 평가 분위기가 이상하게 돌아갔다. 나는 그냥 웃자고 막 던진 말이었는데, 다들 내가 잘했다고 평가를 했다.

"평가도 아주 훌륭하네요. 평가를 들어 보니 유봉중학교 교장선생님이 배윤호 학생을 아주 자랑스러워하시겠어요. 고생했습니다. 토론에서 승리한 윤호 학생에게는 끝날 때 제가 책을 선물로 드릴 테니 받아 가세요."

내가 이겼다니 얼떨떨했다. 애들은 크게 박수를 쳤다. 진주는 누구보다 크게 박수를 쳤다. 그게 내가 멋져서 치는 박수인지, 우리 학교가 이긴 게 기뻐서 치는 박수인지는 모르겠다. 선생님은 토론을 정리하는 말로 강연을 끝마쳤다.

"우리는 흔히 토론이라고 하면 찬반토론을 생각해요. 옳고 그름을 중심으로 논쟁을 벌이죠. 그렇지만 삶에서 마주치는 수많은 문제들은 찬반으로 갈리기보다 다양한 가능성을 두고 선택하는 쪽이에요. 내일 무엇을 할지, 어떤 사람과 사귈지, 어떤 학교로 갈지, 직업을 무엇으로 할지 우리는 끝없는 선택을 해야 합니다. 이게 조금 전 우리가 했던 논증 토론과 똑같아요. 가족, 사랑, 지혜 가운데 그 무엇도 소중하지 않은 것은 없어요. 그렇지만 우린 그 가운데 하나를 선택해야 하죠. 무수한 가능성 가운데 나는 딱 하나만 선택해서 살아가요. 그 선택은 옳을까요? 다른 선택을 하면 더 나을까요? 모르죠. 알 수 없습니다. 우리는 자기 나름 근거로 선택을 하고, 후회하고, 다시 선택을 하죠. 삶을 막무가내로 살아서는 안 됩니다. 옳은 일, 좋은 일, 가치 있고, 적절한 일을 선택해야 합니다. 무엇이 옳고, 무엇이 좋고, 무엇이 가치 있고, 무엇이 더 적절한지 따지는 습관을 들여야 합니다."

선생님은 동그랗게 앉은 학생들을 쭉 둘러보며 눈을 일일이 마주쳤다.

"강연을 함께하느라 오랫동안 고생하셨습니다."

선생님이 말씀을 마치자 박수가 터져 나왔고, 강연은 끝났다. 애들은 선생님께 가서 사진도 찍고 선생님이 썼다는 책을 내밀며 사인도 받았다. 진주도 선생님께 가서 사인을 받았다. 나는 가장 마지막으로 선생님께 갔다.

"말을 참 재미나게 잘하더라. 오늘 멋졌어. 그리고 이건 선물!"

선생님께 선물을 받는데 책에 사인과 더불어 글이 적혀 있었다. 집으로 혼자 걸어가면서 그 글을 읽고 또 읽었다.

'윤호는 재미있게 말하는 재주가 뛰어나. 윤호 덕분에 참 즐거웠어. 그리고 다른 사람을 모욕하는 것은 올바르지 않아. 남을 깔볼 때 나오는 웃음은 세상을 나쁜 쪽으로 이끌어. 좋은 웃음으로 세상에 빛이 되렴. 그리고 내 어림이긴 한데, 혹시 좋아하는 여학생이 있니? 네가 토론에서 한 말을 들으니 아무래도 넌 사랑에 빠진 듯해서 말이야. 혹시 사랑을 한다면 그 사랑~♡ 아름답게 이뤄지길 바랄게.'

09
사랑은 논리가 아니라니까

    진주와 찬기는 강연회가 끝나자마자 따로 둘이 사라졌다. 정혜가 나에게 말을 걸었지만 나는 핑계를 대고 바로 집으로 와 버렸다. 토론에서 처음으로 이겼고, 선생님께 좋은 말이 담긴 책도 받았지만, 우울한 감정은 사라지지 않았다. 아니 사랑♡이 이루어지길 바란다는 말이 더욱 나를 우울하게 했다. 내 삶에서 그렇게 기운 없이 지낸 날은 단연코 없었다.

    방에 가만히 누워 있는데 태규에게서 문자가 왔다. 나는 답을 하지 않았다. 귀찮았다. 아무것도 하기 싫었다. 답을 안 하니 전화가 왔다. 두 번 안 받았다가 세 번째에 받았다. 몇 마디 나누지도 않았는데 태규는 금세 내 상태가 안 좋음을 알아차렸다. 태규는 나를 위로하려고 애를 썼다. 참 고마운 일이지만 전혀 위로가 되지 않았다.

일요일 오전, 아무것도 하기 싫어 방문을 닫고 내 방에서 멍하니 누워 있었다. 우울한 노래만 골라서 틀어 놓고 천장만 바라보았다. 시간이 얼마나 흘렀는지 모르는데 엄마가 밥 먹으러 나오라고 불렀다. 먹고 싶지 않아서 대답도 않고 나가지도 않았다. 엄마가 몇 번을 더 부르다가 내 방으로 왔다. 문을 열고 내가 하는 꼴을 가만히 보던 엄마는 아무 소리 않고 방문을 닫았다. 그러고 한참을 있다가 화장실에 들르러 잠깐 나갔는데 엄마도 아빠도 보이지 않았다. 화장실에서 나오는데 부엌을 치우던 누나가 나를 나무랐다.

"넌 엄마가 밥 차렸는데 안 먹고 뭐하는 짓이야?"

말대꾸하고 싶지 않아서 그냥 방으로 가려는데 누나가 내 어깨를 확 잡았다.

"이게~, 너 대답 안 해?"

누나 목소리에 독이 올랐다.

"그냥, 먹고 싶지 않아서 안 먹었어."

나는 힘없이 대꾸하고 그냥 가려고 했다.

"엄마가 정성들여서 밥을 차렸으면, 나와서 한 숟가락이라도 떠야지. 그게 지금 말이라고 하니? 이 집에 너 혼자 살아? 너 되는 대로 살게?"

이쯤이면 그냥 늘 하는 잔소리라 여기고 '미안하다'면서 가려는데 몹시 귀에 거슬리는 말이 뒤를 따랐다.

"너 하고 싶은 대로 다 하려면 집 나가서 혼자 살아!"

만약 누나가 남을 배려하고, 자기 하고 싶어도 참는 사람이라면 거슬리지 않았다. 누나는 전혀 그런 사람이 아니었다. 얼마 전 식당에서도 배려하라는 엄마 말을 따르지 않고 자기 먹고 싶은 대로 먹었던 누나다. 그런 누나가 나한테 하고 싶은 대로 하려면 집을 나가라고 하다니, 다른 사람은 몰라도 누나가 해서는 안 될 말이었다.

"내가 하고 싶은 대로 하겠디는데, 내가 무슨 나쁜 범쇠를 저지르지도 않았는데, 엄마에게 부당한 요구를 한 것도 아닌데, 왜 나한테 뭐라고 해? 나는 내 욕망에 충실했어. 그냥 먹고 싶지 않아서 안 먹었다고. 나는 이 집에서 안 먹을 권리조차 누리지 못해?"

나는 누나가 식당에서 쓴 논리를 살짝 모양만 바꿔서 그대로 돌려주었다. 누나도 내가 자기 논리를 되돌려 주었다는 사실을 알았다.

"이게 정말?"

누나는 씩씩거리기만 할 뿐 뭐라고 되받아치지 못했다.

"누나 일일 때는 욕망에 충실하게 사는 것이 내 권리라고 해 놓고, 내가 내 욕망대로 행동하는데 야단치다니 말이 돼? 내가 문제라면 누나도 문제야. 그런 식으로 말할 거면 앞으로 욕망에 충실한 게 내 권리라고, 나는 오늘을 산다고 말하지 마."

누나는 게임에서 상대편 본진을 공격하러 갔다가 자기 본진이 털렸을 때 짓는 허탈한 얼굴빛을 하며 입을 다물었다. 내 승리였다. 열다섯 해를 살면서 처음으로 누나를 이겼다. 처음이었다. 그러나 기쁘지 않았다. 늘 이런 날을 기다렸는데, 누나 입을 다물게 하고 내 말이 맞다고 인정하게 하는 그런 날을, 누나가 나에게 꼼짝 못 하는 그런 날을 그리도 애타게 기다렸는데, 막상 간절히 바라던 승리를 얻은 그날이 왔음에도

호룬의 여랑과 사늉기 로맨스

기쁘지 않았다.

내 토론 실력이 나도 모르게 늘었고, 다른 학교에서 토론 꽤나 한다는 애들도 이겼고, 인생 최대 숙적도 이겼지만, 기쁨은 한 톨도 없었다. 사랑에 실패한 내게 기쁨은 없었다. 내가 어제 한 토론에서 한 말이 맞았다. 아무리 토론과 말싸움에서 이기는 지혜를 얻어도, 사랑은 얻지 못한다. 지혜로 사랑을 얻는다니, 정말 멍청한 주장이다.

방에 다시 들어간 나는 우울함을 달래려 태규에게 문자를 보냈다. 누나와 벌어진 일을 자세히 알려 주었다.

'야, 나와라 ~!~'

'15년 소원을 이뤘는데 축하 게임 한판 해야지 ^!^'

'내가 떡볶이 쏠게 @!@'

태규가 자기 일처럼 즐거워하며 나를 부추겼지만, 나는 더 우울로 빠져들었다.

'엄청 기쁠 줄 알았는데, 안 기뻐 ㅠ.ㅠ. 대기권을 뚫고 우주로 날아갈 기분인 줄 알았는데~~ 그저 그래 −.−'

'너, 상사병 제대로 앓는구나 ♡♭♡'

'나도 어쩔 수가 없어'

'여자는 많아'

흔히 그렇게 위로한다. 그렇지만 그런 말이 위로가 되진 않는다.

'진주는 한 명뿐이야'

월요일 아침, 집 앞으로 태규가 왔다. 학교 가는 내내 나를 달래고 웃기려고 했다. 참 좋은 친구다. 태규 덕분에 조금은 기분이 풀렸다. 물론 우울함이 사라지진 않았다.

월요일 점심, 학교 식당에서 진주와 정혜가 작은 말다툼을 벌였다. 정혜가 뒤늦게 와서는 앞에 서있는 친구들과 같이 먹으려고 새치기를 했는데, 뒤에 있던 애들이 투덜거렸다. 정혜는 '뭐 이런 걸로 투덜거리냐'면서 오히려 뒤에 있던 애들에게 면박을 주었고, 그 모습을 본 진주가 정혜 잘못을 지적한 것이다.

"학년 대표자 모임 준비하려고 빨리 먹고 가야 해서 앞으로 왔는데, 그게 그렇게 잘못이니?"

정혜가 진주에게 따지고 들었다.

"그래도 새치기는 새치기잖아. 그런 일이 있으면 적어도 뒤에 있는 애들한테 미안하다고는 해야지."

진주는 차분하게 대꾸했다.

"내가 학년 대표자 모임 때문이라고 했는데도 투덜거리잖아."

"대표자 모임을 하면 그냥 마구잡이로 새치기해도 되고, 그걸 보고 투덜거려도 안 되는 거야? 학년 대표자 모임이 나라를 지키거나, 위험에 빠진 목숨을 구하는 모임이라도 되니?"

진주가 그렇게 내리누르자 정혜는 더는 대꾸할 말을 찾지 못했다.

화요일 아침, 태규가 또 집 앞으로 왔다.

"야, 누가 보면 보호자인 줄 알겠다."

호훈의 여랑과 사슴기 로맨스

"그럼 이 형아가 너 보호자지, 누가 보호자겠냐?"

"됐으니까 이제 오지 마."

"그럼, 진주는 포기하는 거야?"

"됐어. 그만하자."

화요일 점심, 학교 식당에서 진주와 정혜가 또다시 말다툼을 벌였다. 둘은 티격태격하다가 밥을 먹고 헤어졌는데, 학교가 끝나고 가는 길에 또다시 다퉜다. 둘이 다투는 모습을 지나가던 나도 보았는데, 그 자리에 찬기도 있었다.

"너는 새치기를 해도 괜찮고, 나는 새치기 하면 안 돼? 그게 말이돼?"

정혜는 손을 부들부들 떨며 진주에게 따졌다.

"교무실에서 선생님이 부르셔서 빨리 먹고 가야 했다고. 몇 번을 말해야 알아들어?"

진주는 다른 애들과 다투거나 말싸움이 벌어져도 말투가 조금도 변하지 않는다. 그런데 그때는 달랐다. 짜증이 잔뜩 섞인 목소리였다. 어쩌면 정혜와 아주 가까운 사이여서 그런지도 모르겠다. 아니면 스스로가 별로 당당하지 못한 문제로 다툼이 벌어진 탓일 수도 있다.

"나는 어제 안 그랬니? 나도 어제 학년 대표자 모임 준비하느라 빨리가야 해서 밥 좀 빨리 먹으려고 했더니, 네가 막 뭐라고 했잖아?"

"그것 때문에 삐졌다고 나한테 이렇게까지 따져야겠어?"

"그럼 넌, 어제 애들 앞에서 나를 그렇게 망신 줘야 했니?"

"너는 다른 애들과 생긴 일이고, 오늘은 너랑 나랑 문제잖아."

"다른 애들이야 네가 무서워서 아무 소리 못 하는 거지."

"너, 지금, 내가 무슨 깡패라도 된다는 말이니?"

진주가 소리를 버럭 질렀다.

진주가 저렇게 화를 내다니 뜻밖이있다.

"야, 김찬기! 네가 보기엔 어때? 내가 정말 그렇게 잘못했어?"

진주가 옆에 선 찬기를 노려보며 물었다.

찬기는 조금도 망설이지 않고 대답했다.

"잘못은 잘못이지!"

"뭐?"

"거 봐! 찬기도 맞다잖아."

진주는 당황했고, 정혜는 의기양양했다.

"왜? 뭘 내가 그렇게 잘못했는데?"

진주는 정혜가 아니라 찬기한테 날을 세웠다.

"사람이 일관성은 있어야 하지 않겠어? 너는 정혜한테는 대표자 모임 때문이라고 해도 새치기는 잘못이라고 했으면서, 선생님이 빨리 오라고 한다고 새치기를 정당화했어. 대표자 모임이든 선생님이 부르시든 나는 같다고 봐. 어쨌든 새치기는 잘못이고, 그럼 네 잘못을 사과해야지."

찬기 말을 들은 진주 입술이 부르르 떨렸다.

진주답지 않게 아무 말도 못 하고 찬기를 노려보기만 했다.

"야, 그게 어떻게 같냐?"

내가 나섰다.

진주가 당하는 꼴을 그냥 두고 볼 수는 없었다.

"선생님이 오라고 한 거랑 학년 대표자 모임이랑 어떻게 같아?"

"뭐가 다른데?"

정혜와 진주 싸움이 엉뚱하게도 나와 찬기 논쟁으로 번졌다.

"그럼 넌 선생님이랑 학생이랑 같다고 생각해?"

"야⋯, 이게⋯, 어떻게 그 문제냐?"

찬기는 당황했는지 말이 바로 나오지 않았다.

"내가 선생님이랑 학생이랑 똑같다고 말했어? 남이 했을 때 나쁜 일이면, 내가 했을 때도 나쁜 일이어야 하는 거 아냐?"

지당한 말이다. 내가 바로 어제 누나에게 썼던 바로 그 논리다. 그러나 그 논리는 누나와 나 사이에 적용하면 타당하지만, 진주가 얽히면 전혀 다르다. 진주가 어찌할 바를 모르고 당황하며, 부들부들 떨고 있다. 이런 상황에서 나마저 진주 편을 안 들면 진주 같은 애는 엄청나게 자존심이 상한다. 나는 진주가 상처받게 하고 싶지 않았다. 나는 진주를 지켜 주고 싶었다. 옳고 그름은 중요하지 않았다. 나에겐 진주가 우선이었다.

"똑같은 상황에서야 그렇지. 선생님이 불렀을 때와 학생끼리 하는 행사가 어떻게 같냐? 집에 도둑이 들어왔을 때 도둑을 때리면 정당하지만, 학교에서 이유 없이 남을 때리면 폭력이야! 다른 상황이면 다른 원칙을 적용해야지. 안 그래?"

"학생 모임은 무시해도 된다는 말이야?"

찬기가 이렇게 유치하게 나오다니, 내가 그동안 찬기를 지나치게 높게 평가한 모양이다.

"누가 학생 모임을 무시한대? 선생님이랑 학생이랑 다르다고 그랬지? 공부도 잘하는 애가 말귀를 못 알아 듣냐?"

이건 누나가 흔히 나한테 쓰는 방식이다. 누나와 숱하게 다투다 보니 나도 모르게 누나가 쓰는 기술을 배웠나 보다.

"이게, 정말…!"

찬기는 주먹을 쥐고 부르르 떨었다. 나를 한 대 패고 싶은 모양이지만, 모범생이라는 굴레가 차마 주먹을 휘두르지 못하게 했다. 물론 내가 저런 상황이면 나는 가차 없이 주먹을 휘두른다. 자기감정대로 살지 못하는 모범생이라니, 갑자기 모범생인 찬기가 불쌍했다.

"말로 안 되니 주먹이라도 쓰려고?"

나는 더 대놓고 찬기를 비꼬았다.

내가 힘이 강해지자 누나가 종종 나한테 하는 말이다. 그 말을 듣고 나면 주먹을 쓸 수가 없다. 주먹을 쓰는 순간 내가 진 걸 인정하게 되기 때문이다. 찬기도 마찬가지였다. 찬기는 어찌할 바를 모르고 눈을 부라리고, 입술을 떨었다.

싸움은 그렇게 끝났다. 진주와 정혜와 찬기는 따로따로 제 갈 길을 갔다. 셋이 가고 난 뒤에 태규에게 문자를 했다. 운동장 밖에까지 갔던 태규가 내 문자를 받고 헐레벌떡 뛰어왔다. 뛰어오면서 태규는 진주와 정혜와 찬기가 따로따로 가는 모습을 목격했다.

"뭐야? 뭔 일이야?"

호준의 여왕과 사춘기 로맨스

내가 조금 전에 있었던 일을 그대로 말해 주었다.

"야, 그건 너희 누나와도 똑같은 상황이잖아. 그리고 누나한테 그렇게 당해놓고 누나한테 당한 수법을 그대로 써먹냐? 너도 참~!"

"진주와 누나는 달라. 그리고 찬기 같은 애는 당해도 싸!"

"어쭈, 전이랑 말이 다르다?"

"야, 야, 그만해!"

"그나저나 진주가 좋아하든?"

"몰라! 나한테 말 한마디 없이 그냥 갔어."

"진주야 그렇다 쳐도, 찬기와 정혜한테 제대로 찍혔겠네."

"찍으라고 해."

"헐, 사랑에 눈이 멀더니 뵈는 게 없구나."

"나, 눈 잘 보여."

우리는 티격태격 말을 나누며 운동장을 빠져나갔다.

"태규 넌, 내가 다른 사람이랑 싸우는데 내가 억지를 부린다고 판단되면 나를 안 도울 거야? 찬기처럼 내 편 안 들 거야?"

"너와 싸우는 놈은 누가 됐든 내 적이지."

"거 봐! 나도 그래서 진주 편을 들었어."

"인정! 가만, 너 그럼 나와 진주가 싸우면 어떻게 할 거야?"

갑자기 태규가 진지하게 물었다.

"헐! 둘이 왜 싸워?"

어처구니없는 질문이었다.

"그럴 수도 있잖아."

"이건 엄마가 좋냐, 아빠가 좋냐보다 더 어려운 질문이야."

"그러니까 누구 편 들 거냐고?"

"편을 들기는……, 화해를 하게 해야지."

"둘 다 죽어도 화해 안 하겠다면, 그럼 어쩔 건데?"

태규는 쓸데없이 집요했다.

"그게 말이 돼? 화해하게 한다니까."

"아니, 그러니까, 화해 안 한다면 어쩔 거냐고?"

이럴 때는 답을 말아야 한다. 나는 그런 선택을 마주하고 싶지 않다.

"차라리 나를 죽여라."

수요일 점심, 진주와 정혜가 원수처럼 지낼 줄 알았더니, 둘이 다정하게 점심을 같이 먹었다. 도대체 알 수가 없는 노릇이었다.

수요일 오후, 여느 때처럼 학교가 끝나고 태규와 같이 나가고 있었다. 내일은 개교기념일이라 쉬는 날이기 때문에 둘이 어떻게 놀지 궁리를 하던 중이었다. 그때 진주가 뛰어와서 말을 걸었다.

"윤호야, 너 혹시 내일 시간 있어?"

"내일? 왜?"

"시간 되면 나랑 같이 영화 볼래?"

내가 잘못 들었나?

"바빠?"

태규가 손으로 하트 모양을 만들며 뒤로 슬쩍 물러났다.

"아니, 안 바빠!"

나는 진주가 말을 거둬들이지 못하도록 서둘러 말했다.

"예매는 내가 해 놓을게. 12시에 저쪽 영화관에서 봐."

"응, 내일 봐."

이게 꿈인지 생시인지 헷갈렸다.

몇 걸음 멀어지던 진주가 발걸음을 멈추고 몸을 돌렸다.

"어제 일 정말 고마워. 내 편 들어 줘서……."

"아니, 뭘, 그 정도로……."

쑥스러워서 머리를 긁적였다.

"나도 정혜에게 억지 부린다는 걸, 내가 잘못했단 걸 알았지만, 그때는 자존심 때문에 밀리기 싫었거든."

"나는 정말로 네가 옳다고 믿었는데……."

"정말? 호호호, 고마워."

진주는 밝은 웃음을 선물하고는 뛰어갔다.

교문 밖으로 멀어지는 진주를 멍하니 바라보았다. 이게 도대체 어떻게 된 일이지?

"오, 배윤호! 드디어……."

태규가 옆에서 놀리는데 태규 말은 하나도 들리지 않았다. 그러다 문득 정신이 들었다. 이러고 있을 때가 아니다. 옷을 사야 한다. 내일 진주와 만날 때 입을 새 옷이 있어야 한다.

목요일 이른 아침, 새벽부터 일어나 옷을 고른다고 난리 법석을 피웠다. 어제 옷을 사려고 했으나 돈이 모자라서 사지 못했다. 아침에 엄마와 아빠가 출근을 하고, 곧이어 나가려던 누나가 나를 물끄러미 봤다.

"개교기념일이라 학교도 쉰다면서, 이른 아침부터 뭐해?"

"상관없는 일이니 그냥 학교나 가."

나는 퉁명스럽게 누나 말을 밀쳐 냈다.

"너, 여자친구 만나러 가지?"

누나가 불쑥 던진 말에 움찔 놀랐다.

"아니거든?"

"어쭈, 이게? 속일 사람을 속여라."

그러면서 누나가 내 방으로 들어와서 옷을 살피더니 위아래 짝을 맞춰서 옷을 골라 주었다. 누나가 고른 옷을 몸에 대고 거울을 보니 꽤 괜찮아 보였다.

"괜찮……네."

옷 고르는 솜씨는 누나가 나보다 백배는 나았다.

"여자 친구랑 잘 되면 옷 잘 골라 준 내 덕분이니 한턱 쏴!"

진주와 잘 되면, 두 턱이라도 낼 수 있다.

그나저나 진주는 왜 갑자기 나와 같이 영화를 보자고 한 걸까? 나는 좋아한다는 고백조차 하지 않았는데…….

목요일 12시, 영화관 건물 정문에서 진주를 만났다. 진주는 하늘거리는 연분홍 원피스를 입고 나타났다. 영화관 안으로 들어가는데 진주가 팔짱을 꼈다. 심장이, 마구 뛰어서, 그대로, 멈춰버리는 줄 알았다.

영화 상영 시간이 30분쯤 남아서 음료수를 마시며 기다렸다. 맞은편에 앉은 진주는 양손으로 귀엽게 턱을 괘고 나만 빤히 바라봤다. 나는 진주 눈을 마주보지도 못하고, 피하지도 못해 어찌할 바를 몰랐다. 그런 나를 보고 진주는 키득키득 웃었다. 나는 머리를 긁적거리며 괜히 따라 웃었다. 눈은 지진이 난 듯 흔들리고 바보처럼 머리를 긁적거리다 비실비실 웃거나 하는 내 모습이 남들 눈에 얼마나 멍청하게 보일지 생각하니 낯부끄러웠다. 가볍게 관자놀이를 두드리고 눈치 못 채게 호흡을 가다듬은 다음 부드럽게 진주를 바라봤다. 그러면서 어제부터 쭉 궁금했던 점을 물어봤다.

"어떻게 된 일이야?"

"뭐가?"

진주 목소리에 장난기가 잔뜩 묻어났다.

"지금, 이게, 무슨 상황인지 잘 모르겠어."

"히히, 뭐긴 뭐야, 여자 친구와 데이트지."

여자 친구와 데이트? 내가 잘못 들은 건 아니겠지? 마구 뛰려는 심장을 겨우 달랜 뒤 애써 차분한 척하며 다시 물었다.

"나…는, 너… 좋아한다고…고백한 적 없는데…… 내가 좋아하는 줄은 어떻게 알았어?"

나답지 않게 말이 더듬더듬 나왔다.

"어느 날 갑자기 나만 정신없이 쳐다보는데 어떻게 모르겠니? 처음에는 나도 긴가민가했는데 어느 날 정혜도 눈치를 채고 나에게 일러 줘서 거의 확신하게 됐지."

숨긴다고 애썼는데 남들 눈에는 다 보였나 보다.

"더구나 책도 보기 싫어하고, 맨날 뒤에서 남자들끼리 나를 험담하던 네가, 고전 독서토론 동아리에 들어오겠다고 하니 말 다했지 뭐."

"험담은… 그게… 그러니까….”

변명을 하려고 하니 구차했다. 그냥 깔끔하게 사과하는 게 나을 듯했다.

"미안해."

"괜찮아. 나도 내가 애들한테 세게 말하는 거 다 아는데 뭐. 나도 고치려고 하는데 잘 안 돼."

진주가 이렇게 말하다니, 뜻밖이었다.

"너는 애들을 잘 이끌어. 그건 누구도 부정하지 못해."

위로나 아부가 아니었다. 내 참마음이었다.

"내가 애들을 잘 이끌기는 하지만, 어떨 때는 독재자 같이 구는 걸 나도 잘 알아. 그래서 늘 조심하려고 하는데, 일단 애들 앞에 서면 나도 모르게 힘을 쓰게 돼."

진주와 솔직한 이야기를 나누면서, 진주를 좋아하면서도 무의식 속에 남아 있던 꺼림칙한 걸림돌 하나가 깨끗이 치워졌다.

"내가 좋아하는 걸 알면서도 애써 모른 척했구나."

"칫, 밤에 문자 보냈더니 내 전화번호도 몰라놓고."

진주가 새침하게 말했다.

"아, 그게, 애들이 장난치는 줄 알고."

"히히, 알아! 나도 장난이었어."

토론의 여왕과 사춘기 로맨스

진주는 꽃잎보다 향기로운 웃음을 머금으며 음료수를 쪼르륵 마셨다.

나도 따라서 음료수를 마시다 마지막으로 꼭 물어보고 싶은 말을 꺼냈다. 꺼내기 껄끄러웠지만 굳이 묻어 두고 싶지 않았다. 나는 어쩔 수 없이 엄마 아들이었다. 궁금하거나 껄끄러우면 결코 그대로 묻어 두지 못한다. 참된 만남을 하려면 무의식 속에 웅크린 마지막 걸림돌을 없애야 한다고 믿었다.

"넌 찬기랑 썸을 탔잖아. 그런데 왜 날……?"

"썸을 타기는 했어. 그렇지만 몇 번 만나보고 금방 정나미가 떨어졌어."

나로서는 참 어렵게 물었는데, 진주는 가볍게 대꾸했다.

"왜?"

"너도 잘 알잖아. 걔는 정이 없어. 그냥 똑똑하기만 해. 처음엔 똑똑해 보여서 좋았는데, 갈수록 인간미가 없어서 실망했어. 그러다 체육대회 때 현경이가 다가들어도 그대로 두는 꼴을 보고 마음이 확 식었어. 그다음 날 동아리 모임에서 하는 꼴은 더더욱 보기 싫었고."

내 작전이 성공이었다니! (내가 못된 짓을 한 걸까?) 내가 몰래 현경이를 부추겼다는 사실은 진주에게 비밀로 해야겠지? (진주에게 있는 그대로 말해야 할까? 글쎄, 잘 모르겠다.)

"도서관에서 강의가 있던 날, 찬기랑 엄청 다정해 보이던데……."

"그날은 네가 어떻게 나오나 보려고 그랬어."

"헐! 나는 그런지도 모르고, 태어나서 처음으로 우울이 어떤 기분인지 알만큼 이틀 동안 힘들게 보냈는데……."

"그렇게 힘들었어?"

"세상이 온통 잿빛으로 보인다는 말이 그냥 비유가 아니라 진짜임을 처음 알았어."

"미안해. 그렇게 힘들게 할 생각은 없었는데……."

진주가 내 손을 꼭 잡았다. 손등 위로 피카츄 백만 볼트보다 더 강한 전기가 흘렀다. 이대로 감전돼서 죽는 걸까?

"도서관에서 우리 학교를 대표해서 토론할 때, 사랑을 재미나게 주장하는 네 모습에 반했어."

그 어떤 사람보다 열렬히 박수를 치던 진주 모습이 떠올랐다. 그때 진주가 정말 기뻐하면서 친 박수였다니, 갑자기 그날 기억이 잿빛에서 찬란한 빛으로 탈바꿈했다.

"나도 그날 강연이 끝나고 너와 함께 놀고 싶었는데, 찬기와 발명품 경진대회 준비를 같이 하기로 해서 어쩔 수 없었어."

"난 또, 둘이 데이트하러 가는 줄 알고……."

"너한테 점점 끌렸어. 그리고 정혜랑 다툴 때 내가 잘못한 줄 알면서도 내 편 들어준 네가 무척 좋았고, 그때 내 마음을 정했어. 물론 그날 찬기에게 남아 있던 티끌 같은 미련조차 깨끗하게 사라져 버렸고. 무엇보다 찬기 기를 팍팍 눌러 버린 네가 얼마나 멋지든지……. 그때 고맙다고 말하며 너를 보는데 처음으로 가슴이 설렜어. 그래서 널 차마 더 못 보고 뛰어갔던 거야."

그러고 보니 그날 진주 볼에 살짝 분홍빛이 돌았다.

"궁금증은 풀리셨습니까?"

호론의 여왕과 사춘기 로맨스

진주가 장난스럽게 물었고,

"히히!"

나는 바보처럼 입이 찢어져라 웃었다.

"어, 영화 상영 시간 다 됐다!"

진주가 내 손을 잡고 일어섰다. 진주는 내 손을 꼭 붙잡고 영화관으로 들어갔다. 영화를 보는 내내 우리는 손을 놓지 않았다. 나와 진주가 맞잡은 손에서는 파리스가 아프로디테에 바쳤던 황금사과가 은은하게 빛났다.

사랑은 고래도 춤추게 한다

그날 이후, 나와 진주는 사귀는 사이가 되었다. 나는 진주에게 어울리는 남자친구가 되기 위해 책도 부지런히 읽고, 토론도 열심히 참여했다. 고전은 여전히 어려웠지만 그래도 꿋꿋하게 읽어 냈다. 기말고사가 끝난 뒤 우리 동아리는 지역에서 열리는 여름방학 토론대회에 참석하는 준비로 바빴다. 지역 도서관에서 개최하는 토론대회인데 우리 지역 모든 중고등학교에서 모인다. 토론대회를 준비하면서 새삼 느꼈는데 찬기는 정말 똑똑했다. 진주와 썸이 끊어졌지만 찬기는 아랑곳하지 않고 그 전처럼 지냈다. 참 알 수 없는 애였다. 현경이는 여전히 찬기를 좋아했지만, 찬기 마음을 얻지는 못했다.

동아리원들끼리 방과 후에 모여 한참 토론대회 준비로 바쁜데, 태규가 심각한 얼굴로 나를 찾아왔다. 나는 동아리원들에게 양해를 구하고 태규와 밖으로 나갔다.

"뭔 일 있어?"

"너… 진주… 처음 좋아할 때 있잖아…."

태규답지 않게 말을 더듬었다.

문득 어떤 예감이 들었다.

"너, 좋아하는 여자애 생겼지?"

태규는 말없이 고개를 끄덕였다.

"와! 빙하보다 마음이 차가운 태규 마음을 녹인 애는 누구야?"

태규가 좋아할 만한 우리 학교 여자애들을 떠올렸지만 어림도 할 수 없었다.

"누구냐?"

"응…, 그러니까…, 미술하는…."

미술이란 말을 듣는 순간 누군지 알만했다.

"이런이런… 눈도 높으셔라. 그 콧대 높고 인기 많은 연지를…….."

태규가 깊고 긴 한숨을 내쉬었다.

진주만 바라보며 애태우던 바로 내 모습이었다.

"어떻게 하면 좋을까? 넌 나보다 먼저 경험해 봤으니 잘 알 거 아냐?"

돕고 싶지만, 내 경험이 태규에게 도움이 될지 확신이 서지 않았다. 그렇지만 단짝 친구가 좋아하는 여자애가 생겼는데 안 도울 수는 없었다. 나는 그날로 진주와 정혜를 통해 연지에 관한 정보를 수집해서 태규에게 제공했다. 내가 겪은 감정과 상황들도 모조리 설명해 주었다.

그때부터 태규는 연지가 좋아한다는 음악을 듣고 다녔다. 그림을 그린다면서 스케치북도 들고 다니고, 툭하면 클래식이 어떠하다는 둥, 고전파가 어떠하다는 둥 하면서 내가 알아듣지도 못하는 말을 늘어놓았다. 심지어 예술에 관한 책도 쉬는 시간에 읽었다. 태규는 연지를 좋아하게 되면서 완전히 다른 애로 탈바꿈했다. 사랑에 빠지면 정말 저렇게 될까? 물론 내가 남 말할 처지는 아니지만.

그리고 정말 믿기 힘든 일이 하나 더 생겼다. 바로 누나에게 남자친구가 생겼다는 사실이다. 이건 기적이다. 아니 기적이란 말도 모자라다. 그나저나 누나와 사귀는 형이 놀라울 뿐이다. 겁도 없이 감히 우리 누나와 사귈 생각을 하다니……. 그 용기에 박수를 보낸다. 그런데 남자친구와 사귀면서 누나가 점점 변해 간다. 나한테 화도 안 내고 까탈스럽게 굴지도 않는다. 꼭 닫고만 있던 방문도 종종 열어 놓는다. 남자친구와 통화할 때는 아주 천사가 따로 없다. 가증스러울 만큼 착하게 군다.

아무튼 사랑은 우리 집 고래도 춤추게 만들었다. 누나가 사랑에 빠진 덕분에 더 이상 새우등 터질 걱정은 안하게 됐다.